Edition G. Braun

Harald Hurst, 1945 in Buchen geboren, Studium der Romanistik und Anglistik. Lebt als freier Autor in Weingarten bei Karlsruhe.

Gestaltung in Zusammenarbeit mit Klaus Marinoff
Umschlagfoto: Max Galli
Gesamtherstellung: G. Braun, Druckerei und Verlage

CIP-Titelaufnahme der Deutschen Bibliothek

Hurst, Harald:
Das Zwiebelherz : Liebesgeschichten / Harald Hurst.
– Karlsruhe : Braun, 1988
ISBN 3-7650-8052-7

Harald Hurst

Das Zwiebelherz

Liebesgeschichten

G. BRAUN

Ohne besitzanzeigendes Fürwort

Liebe Veronika!

Mit Bedauern mußte ich feststellen, daß ich Deinen Vorstellungen von meinem Leben nicht entsprechen kann und auch nicht will.

Ich habe mich daher entschlossen, künftig alleine weiterzumachen und möchte Dich hiermit dringend ersuchen, von unserer Beziehung Abstand zu nehmen.

Sollte nach Ablauf einer Frist von vierzehn Tagen keine Nachricht Deinerseits bei mir eingegangen sein, so betrachte ich unser Verhältnis als erloschen und alle gegenseitigen Forderungen als gegenstandslos.

Ich verbleibe mit freundlichen Grüßen, aber von jetzt an ohne besitzanzeigendes Fürwort

Gunther

Ausgehvorbereitungen

Das Knarren der Schranktüren im Schlafzimmer. Jetzt kommt Trudes Frage, die zu unseren Ausgehvorbereitungen gehört, wie das Amen zur Messe: Was soll ich denn anziehen? Eine Frage, die sie so automatisch stellt, wie ich sie automatisch entweder überhaupt nicht, oder mit einem gedankenlos hingerufenen ‚Was Bequemes halt' beantworte. Unvorstellbar, daß die Frage einmal unterbliebe oder vernünftig beantwortet würde. Ein Verfahrensfehler wäre das, wir kämen vor Verwirrung kaum aus dem Haus.

Unsere Zweisamkeit, die wohl längst in eine befriedigend funktionierende Lebensgemeinschaft übergegangen ist, hat ihre eigenen sprachlichen Rituale entwickelt. Die Fragen waren mit den Jahren zu einer Art situationsgebundenem Monolog verkümmert. Nur die Tabufragen, die ans Eingemachte gingen, waren geblieben und bedrängender geworden. Was taugt das noch, was Trude und ich da zusammen machen? Teilen wir womöglich nur noch den Mangel, den wir ohne uns nicht hätten? Sind wir am Ende nur ein angstverklammertes Bündel von Nichtschwimmern, die im Hundertzwanzig-Zentimeter-Becken ersaufen, weil keiner den Mut hat, ein Bein auszustrecken, um die Wassertiefe zu ergründen?

Man müßte der Wahrheit unter den Rock fassen. Erstmal eine Situation schaffen, für die wir keinen Verfahrensweg kennen. Ich könnte aus heiterem Himmel darauf bestehen, entweder mit Trudes Duschhaube auf dem Kopf zu Volkers und Heikes Party zu gehen, oder daheim zu bleiben. Dann würde mich Trude für übergeschnappt halten, wir müßten unsere Ausgehvorbereitungen unterbrechen und uns zusammensetzen. Und ich würde

Trude sagen: Hör zu, ich hab keine Lust mehr, so weiterzumachen. Bevor wir nicht einiges geklärt haben, zieh ich die Haube nicht mehr vom Kopf.

Trude erscheint in ihrer weichgeduschten Frauenpracht im Türrahmen wie ein Renoir-Gemälde. Sie schüttelt ein winziges Flacon und streicht sich mit dem Zeigefinger Parfümspuren zwischen die schaukelnden Brüste. Du machst es dir einfach, schimpft sie, du kümmerst dich nicht darum, wie die Wohnung aussieht, du schlappst einfach fort wie die Sau vom Trog. Ich stemme mich, als sei mir ihr Appell in die Knochen gefahren, im Sessel halb hoch – Ach Trude, ich ... Dieser Vorwurf kommt, wie in einem Drehbuch festgelegt, immer an dieser Stelle. Aus Erfahrung weiß ich, daß es jetzt besser ist, nicht zu reagieren, sonst kommt sie mir noch mit meinen ewig überquellenden Aschenbechern, den Zahnpastaspritzern auf dem Toilettenspiegel, der schlampig gespülten Kloschüssel, mit all den Dingen, die sie an mir wahnsinnig machen, wie sie sagt. Also halte ich den Mund und versuche, zerknirscht auszusehen, was mir nicht schwerfällt. Im Drehbuch steht jetzt: Trude geht ab.

Aus dem Schlafzimmer dringt das Geräusch gegeneinander schlagender Kleiderbügel. Früher habe ich mich luxuriös gestimmt auf die Betten gesetzt wie ein Sultan auf einen Kissenhaufen im Harem, um Trudes Umkleide- und Anprobierorgien beizuwohnen, habe mit erotischem Prickeln im Bauch meine Regieanweisungen gegeben: Dreh dich bitte mal um, Schatz, mal sehen, wie das von hinten aussieht. Oder: Zieh doch mal die hohen Schuhe dazu an. Oft sind wir eng umschlungen ins Bettzeug gekippt, haben mit einem gehauchten ‚Ach was!' unsere Verabredungen nicht eingehalten. Wir sind unzuverlässig gewesen, damals. Aber das ist lange her und fast nicht mehr wahr. Das Auge gewöhnt sich an die täglich gesehene Schönheit. Es wird hungrig nach nie Gesehenem, will überrascht werden und staunen. Trude löst ihren Handtuch-Turban und wirft ihr nasses schwarzes Haar in den Nacken. Nein, es ist nichts, beruhige ich sie, ich sei weder nervös, noch mit meinen Gedanken weit fort, da müsse sie sich täuschen. Ich blase den Rauch meiner Zigarette durch die Nasenlöcher und spüre, wie ich tatsächlich ruhiger werde. Der innere Aufruhr ist wieder einmal niedergeschlagen. Alles unter Kontrolle.

Im Schlafzimmer höre ich Trude erst fluchen, dann jammern. Eine Hosennaht ist ihr übers Hinterteil aufgeplatzt, sie hat feststellen müssen, daß sie zugenommen hat. Sie besitzt wenigstens zwanzig Hosen in allen Farben und Zuschnitten für sämtliche feingestuften Gewichtsnuancen zwischen 54 Kilo Idealgewicht und 57 Kilo Alarmgewicht. Ihr Körper scheint so delikat auf Kalorien anzusprechen, daß schon der außerplanmäßige, leichtsinnige Genuß einer Schnitte Linzertorte oder einer Nougatpraline die nächstweitere Hose erforderlich machen kann. Wenn das eben eine von den 57-Kilo-Alarmhosen gewesen ist, werde ich mich übers Wochenende mit einer mißlaunigen Trude herumschlagen müssen, die mich behandelt, als sei ich ein boshafter Hexenmeister, der ihr die Pölsterchen hingezaubert hat, oder der schlechte Hahn, bei dem die Henne fett wird. Und ab Montag wird sie mit dem Brigitte-Diätclub-Heftchen zum Einkaufen losziehen und mich um einen der wesentlichsten Genüsse bringen, die mir verblieben sind. Beim Metzger wird sie uns mit vier Scheibchen magerer Gelbwurst, bei den Marktfrauen mit einem mitteldicken Lauchstengel und drei kleinen Mohrrüben blamieren, beim Türken wird sie ungeniert ein Händchenvoll Pistazienkerne und fünfunddreißig Gramm Oliven verlangen, weil die Brigittediätler für ein angeblich türkisches Gericht die Zutaten grammgenau nach Kalorien und Joule ausgetüftelt haben. Essen wird auf dem Tisch stehen, bei dessen Anblick sich der Appetit verflüchtigt, sich aus Geringfügigkeit einstellt. Und an allem, wie zum Trost, eine Prise Kräuter, ein Spritzer Zitronensaft, ein Häubchen Magerquark aus der grünen Packung, zwanzig Prozent Fett. Und Knäckebrot, diese aus Luft gemachten Platten, wo man ins Leere beißt, aber ärgerlicherweise immer schmeckt, daß etwas dagewesen sein muß.

Einmal, während einer von Trudes Diätclub-Aktionen, habe ich aus Protest, und weil mir nach einer Woche die Nerven durchgegangen sind, eine ganze Packung von diesem Luftzeug vor Trudes Augen weggeputzt, ruck-zuck, eine Platte nach der anderen, dick mit Butter bestrichen und in Mayonnaise getunkt. Es sei eine Sauerei, habe ich dabei geschimpft, daß man hierzulande kosmetikhalber Kohldampf schiebe, wo den armen Teufeln in der Dritten Welt vor Hunger die Hosen, wenn sie überhaupt welche hätten, auf die Füße fielen. Ihr seid die Superlinken, die Schlaraffenland-Progressiven! habe ich mich aufgeregt. Trude, die mir mit amüsiertem Staunen im Gesicht zugehört hatte, ist plötzlich um den Tisch gekommen, hat mich mit lieber Geste, mit der man Lausbuben halb tadelt, halb schon verzeiht, am Haarschopf im Genick gepackt, dort, wo mir die Haare noch einigermaßen griffig wachsen, und hat geschüttelt. Du Spätpubertierender, du, hat sie gelacht und mich dann mit der leergefutterten Knäckebrotschachtel und meiner souverän abgeblockten Streitlust in der Küche sitzen lassen, um im Wohnzimmer an unserer Steuererklärung weiterzubasteln. Im Praktischen ist mir Trude haushoch überlegen.

Wir können! ruft es im Flur. Vor mir steht ein Kunstwerk, eine exotische Komposition. Da ist nichts dem Zufall überlassen. Trude von unten nach oben: Riemchensandalen aus Indien, eine schwarzglänzende Pluderhose aus der Ali-Baba-Boutique, absolut gewichtsneutral, der Hosen-Joker sozusagen, ein gelb gebatiktes Unterhemd von mir, dessen Ausschnitt für einen fremden Mann, für den der Inhalt noch unerschlossene Landschaft ist, atemberaubend sein muß. Darüber eine knappe Joppe, geometrisch treppenartig und in hundert leuchtenden Farben bestickt, Indianerarbeit – Navajo. Ein schweres Silberhalsband mit Glöckchen, das, wenn uns die Verkäuferin in einer Heidelberger Boutique nicht beschissen hat, einmal zum Original-Hochzeitsschmuck eines Berbermädchens gehört hat. Auch das, was scheinbar nachlässig und zufällig aussieht, etwa die kreuz und quer verschlungenen Bänder der Pluderhose, ist sorgfältig und mit Bedacht arrangiert. Mit einem richtigen Fleck auf der Hose, einem echten Spritzer Gulaschsuppe oder einem Tomatenhäutchen von der Spaghettisoße, würde Trude nie unter die Leute gehen. Ein Berber-Navajo-Weib, das seinen Wigwam nie verließ, ohne, wie jetzt, noch eimal über die Mischbatterie im Bad zu wischen und ein weißes Granulat, das im Wasser zischt und ätzende Dämpfe entwickelt, in die Kloschüssel zu streuen?

Ist der Aufzug nicht übertrieben? Kann ich so wirklich gehen? fragt Trude halb zum Spiegel, halb zu mir gewandt, während ich meine Kitteltaschen für alle Eventualfälle der Nacht ausrüste. Klar, antworte ich nach einem zerstreuten Blick in ihre Richtung und stecke einen Zwanzigmarkschein und etwas Kleingeld, meinen lappigen Führerschein, Kopfschmerztabletten, mein Taschenmesser mit Korkenzieher, Zahnstocher, Pinzette und sechs weiteren Patentwerkzeugen ein. Ob ihr Ausschnitt nicht doch zu gewagt sei, zweifelt Trude und beugt sich zu ihrem Spiegelbild vor, die schönen, runden Schultern hochgezogen, um so den denkbar schamlosesten Männerblickwinkel zu testen, sich quasi durch lüsterne Männeraugen in den eigenen Ausschnitt zu linsen. Was soll denn daran gewagt sein? entschlüpft es mir etwas brummig. Gewagt! Riskant! Frech! Diese Worthäppchen aus der Damenmodebranche, aus den Reizwäschekatalogen! Man könnte meinen, ihr Frauen schwebt durch eure Klamotten laufend in Lebensgefahr. Was soll denn an einem Unterhemd ‚gewagt' sein? Was kann dir denn schon passieren? Außerdem bin ich schließlich dabei. Trude schaut mich sprachlos an, bevor sie sich abrupt umdreht. Blödmann, höre ich sie schimpfen.

Ich habe mich noch einmal auf dem Telephonstuhl im Flur niedergelassen und blättere, ungeduldig mit den Fußspitzen wippend, in einem Merianheft über die Malediven, das wir unseren Gastgebern als Geschenk mitbringen wollen. Die beiden hatten kürzlich die Absicht geäußert, ihre diesjährigen Weihnachtsferien auf den Malediven zu verbringen, um dem alljährlichen Weihnachtsrummel hierzulande mal wieder gründlich aus dem

Weg zu gehen. Natürlich nicht allein deshalb, auch wegen der Sonne, der menschenleeren Strände, der total unberührten Natur und nicht zuletzt wegen der unvorstellbar faszinierenden Welt unter Wasser, und überhaupt, weil sie komischerweise noch nie auf dieser Inselgruppe gewesen sind. Als kinderloses Lehrerehepaar, beide mit vollem Deputat, er Gymnasium, Heike Hauptschule, haben sie fast jedes sehenswerte Fleckchen Erde auf unserem Globus im Diasetzkasten und neuerdings auch auf Videoband. Sie haben schon am Kilimandscharo und am Nordkap ihre Lunchpakete ausgepackt, haben in den Ruinen von Machu Picchu und vor den Pyramiden in ihren Kunstreiseführern geblättert und ihre Lehrernasen in anatolische Wohnhöhlen, in Papua-Hütten, Beduinen- und Indianerzelte, in irische Fischerhäuschen, Etruskergräber und Iglus gesteckt. Ich mag die beiden nicht besonders, weil sie sich so verdammt wichtig nehmen, alles besser wissen wollen, gestochen daherreden über Bilderausstellungen, moderne Malerei und Musik, über Philosophisches und neueste Literatur, weil sie so süßsauer herablassend lächeln und belächeln können und einem nicht zuhören, weil ich in ihrer Gegenwart jedesmal das Gefühl habe, ein kompletter Idiot und ein netter Kerl zu sein. Nein, ich kann die beiden eigentlich überhaupt nicht leiden, im Grunde halte ich sie für hohl und arrogant, für degeneriert wie ein Pärchen chinesischer Nackthündchen, die immer so zittern.

Trude ist da freilich ganz anderer Auffassung. Volker und Heike sind *ihre* Freunde, die sie mit in die Ehe gebracht hat und die wir uns seither redlich teilen müssen. Schließlich begleitet sie auch mich, häufig nicht ohne inneres Zähneknirschen, zu Einladungen *meiner* Freunde, die eher von der Flaschenbier- und Leberkäsfraktion sind und ihre Urlaube ganz gern in Waging, am Neusiedler See, irgendwo in Südtirol oder, wenn's hoch kommt, in Playa de Aro oder am Gardasee verbringen. Mir zuliebe erträgt Trude diese lauten alkoholischen Feste in den Wohnzimmern und Gärten meiner Freunde, wo man sich mit Halb- und Ganzwahrheiten überschreit, wo die Themen griffig bleiben und es gelegentlich zu kleinen Taktlosigkeiten und Skandälchen kommt, die man tagsdrauf mit übermäßigem Alkoholgenuß entschuldigen muß. Mir zuliebe quasselt sie stundenlang mit Hannelore über Säuglingsernährung und mit Fred über dessen letzte unglückliche Liebe und sein neues Motorrad nebst dazugehörigem Fahrgefühl. Meinetwegen läßt sie Egons bierglitschige Abschiedszungenküsse über sich ergehen und erträgt auch sonst alle Herzlichkeiten, mit denen sie nichts anfangen kann.

Eine warme Gefühlswelle der Solidarität für Trude steigt jetzt in mir hoch und wärmt mir den Brustkorb. Ich bin entschlossen, den Abend bei Volker und Heike mit Anstand hinter mich zu bringen, Trude zuliebe. Ihren zu erwartenden Dia-Vortrag über thailändische Pagoden werde ich mit interessierten Fragen beleben, ich werde beim Verzehr irgendeines nachgekochten exotischen Urlaubsgerichtes genußvoll schmatzen und mich nach Zutaten erkundigen, und falls es, wie beim letzten Mal, wieder um die Frage geht, ob Freuds Theorien nun wirklich widerlegt oder nur modifiziert und erweitert worden sind, werde ich nach besten Kräften mitdiskutieren, auch wenn mir die Reinhardts mild lächelnd und belächelnd das Wort abschneiden sollten. Trude zuliebe.

Trude beißt zahnlos in ein Papiertaschentuch, um ihre frischgeschminkten Lippen auf einen natürlichen Rotglanz zu reduzieren. Wenn sie das macht, ist sie gleich fertig, das weiß ich aus Erfahrung. Ich betrachte eine Doppelseite im Merian, eine Unterwasseraufnahme. Ein unwahrscheinliches Türkis mit schmerzhaft roten Korallenästen und Schwärmen grellbuntleuchtender, bizarrer Fische, Drückerfische, Schleierschwänze, Steinbeißer, was weiß ich, wie diese Wahnsinnskreaturen alle heißen. ‚Schweigende Wunderwelt unter Wasser' lautet die Bildunterschrift. Was könnte für ein Lehrerehepaar mit vollem Deputat verlockender sein, als sich in einer schweigenden Wunderwelt unter Wasser zu bewegen? Trude reißt mir die Südsee aus der Hand. Immer treibe ich sie zur Eile an, mache sie nervös, und dann müsse *sie* auf *mich* warten. Immer das gleiche Theater, mault sie. In der Küche verpackt sie den gerollten Merian als Geschenk. Staniolpapier mit Schleife, wie immer, wenn es pressiert. Das hättest du längst machen können, höre ich sie rufen. Ich stehe auf und befühle meine Kitteltaschen. Ach Trude, du weißt doch, wie das dann aussieht.

Endlich sitzen wir im Auto. Anschnallen! befehlen wir uns wie aus einem Munde. Das Synchronsprechen passiert uns in den letzten Jahren immer häufiger. Man getraut sich kaum noch, den Mund aufzumachen. Früher waren das wundersame Zeichen von Seelenverwandtschaft, willkommene, beglückende Signale, daß wir zusammengehörten, und bei solchen Glückszufällen haben wir uns spontan umarmt. Aber inzwischen? Zufälle, die zu häufig passieren, kann man sich nicht mehr mit dem Zufälligen erklären. Wir lachen trotzdem noch darüber. Ein vertracktes Mißgeschick, das eigentlich kommen mußte. Trude riecht nach ihrem Ausgehparfüm.

Ich muß mich noch einmal losschnallen, muß hoch in die Wohnung, um mein altes, verbeultes Benzinfeuerzeug zu holen, ohne das ich nicht aus dem Haus gehen mag. Sicher, die Reinhardts haben Streichhölzer in der Wohnung. Aber mein Benzinfeuerzeug, das ist so eine Marotte von mir. Es stammt noch aus meinen Studententagen. In manchen denkwürdigen Situationen habe ich mir damit Feuer gegeben – als ich durchs Staatsexamen gefallen bin, als ich vor den Verabredungen mit Trude noch freudig-nervös war und nachdem ich zum ersten Mal mit ihr geschlafen hatte, vor, während und nach meinem ersten Seitensprung und während der heftigen nächtelangen Diskussionen mit Trude hinterher. An die traditionslosen Wegwerfdinger aus Plastik kann ich mich nicht gewöhnen. Neurotiker! ruft mir Trude giftig hinterher.

Nach kaum zwei Minuten Fahrt müssen wir umkehren, weil sich Trudes Verdacht, sie habe nach dem Bügeln der Pluderhose das Bügeleisen nicht abgeschaltet, dramatisch zur Gewißheit steigert. Wieder hetze ich hoch in den dritten Stock, nehme vier Treppen auf einmal. Natürlich ist alles in Ordnung, das Eisen ist zum Abkühlen hochgestellt, der Stecker liegt auf dem Boden. Jetzt könnte ich Trude den Neurotiker heimzahlen, könnte ihr atemlos berichten, sie habe das Eisen tatsächlich auszuschalten vergessen, es habe schon brenzlig gerochen. Die Neurose würde sitzen, Trude würde sich künftig nicht mehr über den Weg trauen. Aber was hätte ich davon? Bei jeder ihrer Zwangsvorstellungen wäre ich doch derjenige, der zum Kontrollieren hoch in die Wohnung rennen müßte. Außerdem wäre das ein klarer Schlag unter die Gürtellinie. Bei aller Liebe, soweit sind wir Gott sei Dank noch nicht.

Ganz ruhig lege ich den Gurt wieder an. War alles in Ordnung, Trude. Ich schiebe behutsam den Schaltknüppel vor. Beim Losfahren quietschen die Reifen ein bißchen.

Der Wigwam im Oberdorf

Meine Sommer im Dorf riechen nach Heu und Wiesen, nach Mist von allen möglichen Viechern, nach dahinfaulenden Baumstümpfen mit lederigen Pilzen in einem alten, verwilderten Friedhof, nach frischen Haselnußstecken, aufgeplatzten Tomaten, nach dem beißenden Qualm der Leinehecken, die uns als Zigarettenersatz dienten, und nach der Vespa meines Lieblingsonkels. Schweinefutter aus zerstampften Kartoffeln gehört zum Sommergeruch, Chlor vom Freibad steigt mir in die Nase, der Farbgeruch der hölzernen Umkleidekabinen und der Mädchenduft von einer, die ich mal Marianne nennen will und die damals, ohne zu übertreiben, als das schönste und begehrteste Mädchen im Dorf galt, was sie weidlich zu nutzen wußte.

Das Spätjahr schmeckt nach süßklebriger Traubenbrühe, nach dem Geschäft des Kelterns im Hof, nach Fässern und Schwefel, der giftig in die Nebenhöhlen stach, nach dem Selbstgebrannten für die Helfer beim Herbsten, nach verschwitzten Flanellhemden und Gummistiefeln.

Im Wintergeruch schnüffle ich Holzrauch, Hasenbratensoße, Schneeluft und die überheizte Küche voll mit Familie.

In Gedanken blicke ich von der Anhöhe des alten Friedhofs auf das Geschachtel der Giebel im Taleinschnitt, altersgebogene Dachsättel in allen Ziegelfarben, hundertfach geflickt, ocker, moosig-grün und schwarz verwittert. Nach Westen zu streut sich das gemütliche Chaos der Behausungen breit in die Rheinebene, mittendrin die Kirchtürme beider Konfessionen, brüderlich beieinander, der weiße Katholik und der sandsteinerne Protestant. Faul wälzt sich der Bach durchs Dorf, kämmt Pflanzenbüschel auf seinem Grund, schaukelt die Enten durch die Hauptstraße und stinkt ein bißchen. Kuhfuhrwerke, Ochsen- und Pferdegespanne, kaum motorisierter Verkehr, kuriose Fortbewegungsprovisorien der Nachkriegsjahre, Kabinenroller, schiefe Tempo-Dreiradlieferwagen. Mir gegenüber der Katzenberg mit seinem Buchenwaldscheitel, Reben und Ackerland bis ins Tal, noch nicht von der normierten Krätze der Neubaugebiete befallen. Über allem spannt sich ein sattblauer Himmel, auf dem manchmal Wolkenschiffe vom Unendlichen ins Unendliche ziehen. So ungefähr sah dieses Land der Sioux und Irokesen aus.

Mein Erinnerungsohr hört den blechernen, kratzigen Fanfarenstoß der Ortsrufanlage, die über graue Lautsprecherkästen höchst wichtige Nachrichten mittags und abends bis in die entlegensten Dorfwinkel quäkt. Ein indianermäßiges Informationssystem, fast wie Signaltrommeln. Die Leute treten vor die Häuser, um besser zu verstehen. Die Männer spannen die Daumen unter die Hosenträger und lauschen mit schräggelegten Köpfen und verkniffenen Gesichtern . . . Versteigerung von jungen Sauen im Gasthaus zum Löwen . . . Herzlichen Glückwunsch dem Jubilar . . . wurde ein Schlüsselbund gefunden, abzuholen im Rathaus . . . findet das traditionelle Waldfest des Gesangvereins Frohsinn statt . . . und so weiter. Für verdiente Bürger gibt es Geburtstagsständchen vom Musikverein, und sonntagmittags ertönen gleich drei Volksweisen am Stück, weil eben Sonntag ist. Manchmal gehört die Lautsprecherstimme meinem Onkel, dem Ratschreiber, und ich bin stolz, weil das ganze Dorf ihm zuhören muß, meinem Onkel. Alle hören zur gleichen Zeit das gleiche und müssen zu diesem Zweck aus dem Haus. Das schafft Gemeinsamkeit. Man steht viel auf der Straße und redet miteinander, besonders in den langen Dämmerungen der warmen Jahreszeit. Das klingt heute wie ein Märchen aus der Türkei. Aber so ist es gewesen, damals, als es noch keine Fernseher gab und jeder sich selbst und den anderen überlassen war.

In den Schulferien büchste ich aus der Stadt aus, um mich im Wigwam der Großeltern einzuquartieren, in jenem verzauberten, buckligen Hinterweltwinkel am Dorfrand beim alten Torbogen, durch den man die verwunschene Region des vergessenen Gottesackers betrat. Grabsteine, von Efeu überwuchert, ragten schief und kreuz und quer aus dem Unterholz zwischen Bäumen und Gesträuch, längst hatten Wurzeln alles im Griff, zogen Stein und Gebein mit sich in den Wald, ins Vergessen. Dort lagen unsere Jagdgründe. Faserige, zähe Kletterpflanzen hingen von den Bäumen, Tarzans Lianen, an denen wir uns über Hohlwege schwangen. Ganze lange Sommertage verbrachten wir in diesem Dickicht, bauten Hütten, vergruben unerhörte Schätze, bestatteten feierlich Amseln und Mäuse in Zigarrenkisten, griffen kichernden Mädchen unter die Baumwollunterhosen und schnupperten an den Fingern. Meistens aber blieb wenig Zeit für solch friedliche Beschäftigung, denn wir, die Siouxstämme vom Oberdorf, hatten ständig das Kriegsbeil ausgegraben gegen die Irokesenstämme vom Unterdorf, deren Wigwams in der Ebene standen.

Ein Dienstag

Kämpfe mit Irokesen am Tor zum Alten Friedhof. Wir sind vier, sie sechs. Waffen: Haselnußdegen, Pfeil und Bogen, Schleudern aus Draht und Einmachgummi, Besenstielflinte auf Lattenschaft. Unter fürchterlichem Kriegsgeschrei jagen wir uns gegenseitig in die Flucht. Wir sind Sieger, weil die Irokesen sich nicht getrauen, uns zu verfolgen. Zur Siegesfeier rauchen wir mehrere Stengel Leinehecken. Ich bin verwundet. Habe mir beim Fliehen den Knöchel verstaucht. Die Tante macht mir Umschläge aus essigsaurer Tonerde oder wie das Zeug heißt. Sie ist besser als jeder Medizinmann.

Ein Mittwoch

Mit Sitting Bull und Winnetou auf der Torbogenmauer. Marianne kommt. Bekomme Herzklopfen. Wir entführen sie in unsere Hütte, aber es macht keinen Spaß, weil sie sich nicht wehrt. Ich bin besonders grob mit ihr, biege ihr einen Arm auf den Rükken, damit sie sich nicht einbildet, daß ich sie liebe. In der Hütte können wir plötzlich nichts mehr mit ihr anfangen. Wozu haben wir sie überhaupt entführt? Wir beschlagnahmen ihr Kaugummipäckchen und zwei Tütchen Brausepulver und lassen sie laufen. Aber sie bleibt. Die Ortsrufanlage von fern. Mittagessenszeit.

Heißer Nachmittag. Wir baden im Bach zwischen den Enten beim Stauwehr bei der Unteren Mühle. Der Grund ist so weich, daß einem der feine Schlamm zwischen den Zehen durchdrückt. Wollen uns eine Ente schnappen, um ihr ein paar schöne Federn für einen Indianerkopfschmuck auszureißen. Ich soll die Viecher mit Stücken meiner Brezel anfüttern, immer näher herlocken, dann werden Sitting Bull und Winnetou blitzschnell eine am Hals packen. Prima Idee! Ein Mann beobachtet uns. Sitting Bull fängt eine gediegene Maulschelle. Wir sitzen am Ufer, bis unsere Unterhosen trocken sind.

Ein Donnerstag

Der Stamm der Sioux ist fast vollzählig versammelt. Falkenauge hat ein blaues Auge. Er ist der kleinste und schwächste von uns. Die Irokesen haben ihn allein in ihrem Revier erwischt. Alles schreit nach Rache. Wir ziehen sofort los und zerstören ihre Baumhütte so gründlich, daß unter dem Baum eine Mulde im Boden bleibt. Falkenauge freut sich, daß wir ihn so begeistert gerächt haben. Seine linke Gesichtshälfte strahlt, die rechte mit dem dicken Auge kann nicht recht mit – der Schmerz.

Nach dem Mittagessen allein auf der Torbogenmauer, abwarten was passiert. Noch den Geschmack nach Griesbrei mit Zimt im Mund. Die überhängenden Zweige der Buche streicheln mir das Genick. Eine Affenhitze. Bald werden die ersten Stammesbrüder kommen. Zuerst taucht Sabine auf, eine unserer Squaws.

Sie hat blonde, fast weiße Korkenzieherlocken und ein Bubengesicht. Vielleicht das entscheidende Ereignis meines Lebens: Sabine zeigt mir nach mehrfachem Bitten, wie das bei den Mädchen untenrum aussieht. Sie steht da, die Unterhose auf den Sandalen mit den Ringelsöckchen, den Rockzipfel am Kinn und lacht mich an. Bin schwer durcheinander. Mir ist richtig schlecht.

Mit Sitting Bull, Billy Jenkins und Winnetou Kirschen klauen. Ich muß Schmiere stehen. Bin nicht recht bei der Sache. Ein dikker Bauer läßt sein Moped zwischen den Beinen ins Gras fallen und stürmt schon auf die Bäume zu, als die Stammesbrüder noch in den Ästen hocken, die Hemden sackschwer mit Kirschen gefüllt. Mein Warnsignal, der Ruf des Käuzchens, kommt zu spät. Ich brülle verzweifelt ‚Schuhuuu', als der Bauer schon um die Bäume rennt. Er zieht uns an den Ohren und tritt uns in die Hintern. Die Kirschen fallen aus den Hemden ins Gras. Wir müssen sie ihm in die mitgebrachten Körbe sammeln, eine Schande für den ganzen Stamm.

Heimgehzeit. Sie reden nicht mehr mit mir. Es ist mir ziemlich egal. Wenn die wüßten, wovon ich geträumt habe! Ich habe das Gefühl, die Großeltern, die Onkel und Tanten müßten mir ansehen, was ich heute da unten bei Sabine gesehen habe. Mein Gesichtsausdruck kommt mir verändert vor. So etwas sieht man nicht, ohne nachher anders auszusehen.

Ich kann nicht einschlafen. Denke an Sabine, vor allem aber an Marianne, an ihre braunen Augen, ihre weißen Shorts und braungebrannten Beine, wenn sie manchmal barfuß mit mir Federball in unserer Straße spielt. Wenn mir Marianne zeigen würde, was mir Sabine heute gezeigt hat, würde ich tot umfallen.

Ein Freitag

Beim Aufwachen sofort das Ding bei Mädchen untenrum vor Augen. Ist da überhaupt etwas gewesen? Ich will das unbedingt nochmal sehen. Bin früh beim Torbogen. Sabine auch. Aber sie hat heute keine Lust. Erstmal soll ich ihr zeigen, wie das bei den Buben . . . aber da kommen schon die andern, schwer bewaffnet, auf dem Kriegspfad. Kurz darauf sind auch die Irokesen im Anmarsch, sieben Mann hoch. Sie haben ihre kaputte Hütte entdeckt. Wie üblich, lauern wir ihnen hinter der Torbogenmauer, wo unser Revier beginnt, auf. Schwerer, kurzer, staubaufwirbelnder Kampf. Wir gewinnen nur knapp. Die Irokesen ziehen sich zurück. Falkenauge hat zu seinem blauen Auge nun auch noch einen steifen Hals. Der fette Abram hat ihn im Schwitzkasten ein paar Mal um den Buchenstamm geschleift. Ich habe einen geschwollenen Finger, trotz Handschutz aus Großmutters Schöpfsieb. Unser Triumphgeheul muß im ganzen Dorf zu hören gewesen sein. Das der Irokesen auch.

Wir trennen uns erstmal. Manche müssen daheim auf dem Feld mithelfen. Am Abend wollen sich alle wieder bei der Bank am Marmorkreuz treffen. Der Sieg muß gefeiert werden. Jeder soll bis dahin ein paar richtige Zigaretten organisieren. Ich kann keine beschaffen. Der Onkel hat nur noch zwei in der Packung.

Ich war nicht beim Siegesfest. Es dämmert schon blauschwarz, als die anderen vom Alten Friedhof heimwärts ziehen. Falkenauge torkelt laufend vom Weg ab und bleibt gebückt stehen. Er kübelt, leichenblaß im Gesicht. Sitting Bull hilft ihm dabei. Ich spiele mit Marianne noch Federball. Der Ball ist kaum noch zu erkennen. Die Sioux-Stammesbrüder ziehen an uns vorbei. Spüre ihre Verachtung. Der Patzer mit dem Kirschenklauen gestern, meine Abwesenheit heute abend, das ist zuviel. Im Vorübergehen bleibt Falkenauge stehen. Weil er einen steifen Hals hat, muß er sich ganz zu mir herdrehen. Weiberschmecker, knurrt er. Das tut weh. Schließlich habe ich mitgekämpft. In meinem Zeigefinger klopft noch das Blut. Na ja, die kommen auch noch auf den Geschmack. Ich bin eben weiter in der Entwicklung. Ich komme aus der Stadt, da geht das fixer mit den Squaws.

Das Bett im Wigwam der Großeltern ist weich und tief. Man fällt hinein und wird ohnmächtig.

Ein Samstag

Badetag. Ich bade als letzter im zweimal benutzten Wasser, direkt nach meinem Lieblingsonkel. Das Wasser ist grau und flockig. Indianer baden immer zuletzt, weil sie am dreckigsten sind. Das ist schon in Ordnung so. Die Waschküche steht unter Dampf. Die Tante schrubbt mir den Rücken. Ein Glück, daß sie nicht mehr da ist, wie mir das bei den Mädchen untenrum einfällt.

Toller Plan für die Nacht. Werde ‚Ich liebe dich' auf einen Zettel schreiben und den Zettel zu einem Krampen rollen. Wenn im Wigwam alle schlafen, schleiche ich über die hölzerne Stiege nach unten. Ich muß ganz außen, am Rande der Stufen auftreten, dort knarren sie nicht, das habe ich schon ausprobiert. Am Schuppen entlang schleiche ich in den Hühnerhof, dann rechts am Schweinestall vorbei in den Nachbargarten. Eine Stelle im Drahtzaun ist am Boden hochgebogen. Kein Problem. Mariannes Fenster zeigt auf die Wiese mit den Obstbäumen. Die Nacht ist schwül, sie wird es geöffnet haben. Ich schieße ihr mit meiner Schleuder den Krampen ins Zimmer. Ich muß mehrere ‚Ich-liebe-dich'-Krampen machen, falls ich nicht gleich treffe. Bin jetzt schon ganz aufgeregt. Heute ist Vollmond. Sehr gut. Werde meinen Häuptlingsschmuck mit den vierundzwanzig Hühnerfedern aufsetzen. Wird toll aussehen, wie ich so im Mondlicht unter den Birnbäumen stehe. Vielleicht hat sie nichts an, wenn sie ans Fenster kommt. Garantiert ist sie nackt. Ich werde trotzdem ganz ruhig bleiben, werde nur leicht die Hand erheben, würdevoll wie ein Häuptling. Dann entferne ich mich rückwärts, mit dem Gesicht zu ihr, ganz langsam in die Dunkelheit. Muß mir vor dem Krampenschuß das Gelände genau ansehen, daß ich beim Rückwärtsgehen nicht über einen Maulwurfshügel oder einen Stapel Baumstützen stolpere. Jetzt bloß nicht einschlafen . . .

Marianne ist dick geworden. Sie hat einen Irokesen, einen aus der Ebene geheiratet. Ihr ältester Sohn macht gerade Abitur, an dem Gymnasium, wo Falkenauge Mathe und Physik unterrichtet.

Sitting Bull ist Filialleiter bei der hiesigen Spar- und Kreditbank. Im Sommer trägt er einen leichten Anzug und ein weißes Hemd mit Krawatte. Ich sehe ihn oft. Er schiebt mir meine Kontoauszüge über die Marmorplatte.

Billy Jenkins hat das Gipsergeschäft vom Vater übernommen und wohnt in einem prächtigen Wigwam im Neubauviertel am Katzenberg. So ziemlich jeden Abend sitzt er mit Winnetou, dem Autoverkäufer, am runden Stammtisch der ›Goldenen Gerste‹.

Auch Sabine ist in der Gegend geblieben. Kürzlich habe ich sie beim Pfannkuch in der Fleischabteilung getroffen. Sie hat einen durchwachsenen Schweinebraten, acht Paar Wiener und fünfhundert Gramm Aufschnitt verlangt.

Willi im Paradies

Hinter ihm zieht feiertäglicher Bratenduft aus dem weit geöffneten Küchenfenster. Roswitha hantiert mit Kochgerät, ein Rührwerk summt und schafft sich durch Teig. Etwas zischt gefährlich auf und verdampft, es riecht nach Nelken und Koriander. In einer Viertelstunde können wir essen, hört er sie fröhlich rufen, fast singen. Ein geträllertes Count-down. Im Fenster taucht ihr Gesicht auf, blinzelt in die Sonne. Mit dem Schürzenzipfel reibt sie sich die zwiebelblinden Augen. Willi greift das spitze Messerchen, das sie ihm mit dem Griff nach vorne hinstreckt, damit er ihr im Garten Kräuter schneidet: Schnittlauch, Dill, Petersilie.

Er konnte sich weiß Gott nicht beklagen, in Rosi hatte er vor bald zwanzig Jahren eine großartige Lebensgefährtin gefunden. Sie war eine hervorragende Hausfrau, eine zuverlässige Kameradin, ein mütterliches Warmblut und gelegentlich auch noch Geliebte.

Seine Kniegelenke knacken, als er in die Hocke geht. Er kauert unbeweglich auf dem Gartenweg, das Messerchen in der Hand, und starrt auf die Erdkrumen im Kräuterbeet. Schweiß drückt ihm aus den Poren, wie bei einem Geisterfahrer, dem plötzlich alle Lichter entgegenkommen. Wieder dieser lähmende Ganzkörperschmerz, dieser sekundenlange Horrorverdacht, er sei aus Versehen in ein fremdes Leben geraten, kein übles zwar, aber eben nicht seines. Er blickt über den weiten Garten, das viel zu große Haus, die Doppelgarage, sieht seine Kinder bei der Schaukel, er denkt an Rosi, die lieben Gewohnheiten, gemeinsame Freunde, die Feste und Urlaube, an das schwarze Kästchen auf dem Fenstersims der Küche, mit dem er per Eurosignal jederzeit ins Geschäft gerufen werden kann, wenn mit den Maschinen etwas nicht stimmt. So wichtig hatte er gar nicht werden wollen.

Mit einem letzten schwachen Schlag schwingen die Kirchenglocken aus, dann eine Amsel, ein Rotkehlchen. Das alte Ehepaar Schottmüller vom Nachbarhaus kehrt vom Kirchgang heim. Die Frau winkt mit dem Gesangbuch zu ihm herüber, er winkt mit einem Petersiliensträußchen zurück. Schottmüller hängt seinen Stock an einen Ast des Kirschenbaumes und reibt mit einem weißen Sacktuch das Innere seines Hutes trocken. Es ist zu heiß für die Jahreszeit. Wenn die beiden nicht in den Himmel kommen, falls es einen gibt, dann kommt niemand dort hinein. Die haben sich in ihren vierzig Ehejahren das Paradies redlich verdient, denkt Willi. So wenig sündigen, und so reichlich Buße tun.

Rosi nimmt die Kräuter in Empfang. Dankeee, singt sie wieder gutgelaunt, bevor sie in ihr Küchenreich abdreht. Eine Frohnatur hat er zur Frau. Rosi hatte ein enormes Talent, zufrieden zu sein. Manche Sommerabende, wenn die Kinder im Bett waren, verbrachten sie bis spätnachts auf der Terrasse. Sie drehten den Fernseher im Wohnzimmer in Blickrichtung, tranken Kiwi- oder Erdbeerbowle und futterten nebenher Chipsletten und Käsehäppchen, die Rosi, mit Trauben garniert, auf einer Platte gerichtet hatte. Sie legte die Beine auf seinen Schoß, streckte sich wohlig wie eine Katze und ließ die Füße kreisen, vor Behaglichkeit zitternd bis in die Zehenspitzen. Sie schnurrte buchstäblich. Ach Willi, haben wir es nicht wunderbar? konnte sie dann seufzen, und statt auf seine Antwort zu warten, gab sie ihm einen schmatzenden Kuß neben den Mund in die Bartstoppeln. Was hätte er auch antworten sollen?

Willi stützt die Ellbogen auf die Fensterbank, raucht noch eine letzte Zigarette vor dem Essen und schaut ihr beim Brutzeln zu. Sie kratzt so heftig in einem Topf, daß ihr Hinterteil bebt. Einzelne Strähnen fallen aus den roten Kämmchen, mit denen sie ihren kastanienbraunen Haarschopf gebändigt hat. Lachenden, kerngesunden Speck hat sie angesetzt, seine Rosi. Drall ist sie geworden. Drall – ein schönes Wort. Man schmeckt es im ganzen Mund. Wenn jetzt nicht die Kinder wären, er würde durchs Fenster flanken, die Zeitung mit den Salatabfällen vom Tisch wischen . . . Immer hat er dann besonders Lust, mit Rosi Liebe zu machen, wenn es nicht geht.

Früher, dieses Übereinanderherfallen in ihrer Anfangszeit, dieses Fuscheln nach dem geheimnisvollen Organ, das lustigerweise Kitzler hieß. In den Querschnittdarstellungen der medizinischen Hausbücher war es immer deutlich als Zapfen im oberen Teil zu erkennen, und im Ernstfall hat man es in der Hitze des Gefechtes nicht gefunden, hat sich vorgenommen, beim nächsten Mal wirklich schamlos genau hinzuschauen, und dann hat man doch wieder keine Einzelheiten, sondern bloß alles auf einmal gesehen. Rosi reicht ihm eine Rotweinflasche zum Entkorken durchs Fenster. Sie brauche den Wein für die Soße.

Es war nicht so, daß zwischen ihnen keine erotischen Funken mehr übersprangen. Sie hatten Verkehr. Im Vergleich mit anderen, gleich lange verheirateten Paaren, dürften sie sogar ganz passabel abschneiden. Es war nur irgendwie anders als früher, planmäßiger, überlegter, mehr ein Vollzug. Und es hielt länger vor. Dafür waren sie technisch ungleich perfekter geworden, praktizierten fachmännischen, zeitgemäßen Hochleistungssex. Zwanzig Minuten, alles inklusive. Danach schlief man besser und hatte einen freien Kopf.

Rosi gießt den Wein in einen Meßbecher. Zehn Minuten noch bis zum Essen, schätzt sie und schimpft, weil er zuviel raucht. Sie hatten sich schon in der achten Klasse kennengelernt, ihre Liebe stammte aus jener Zeit, als man noch nicht so genau hinsah. Damals waren sie beide gleichermaßen verklemmt gewesen. Rückblickend muß er sagen, sie liebten sich stümperhaft, aber es ist schön gewesen, zum Bäume ausreißen. Dann kam dieser Oswald Kolle mit seinen Aufklärungspornofilmen. In Zeitschriften konnte man gelbe Seiten heraustrennen und sich ein ›Lexikon der Erotik‹ anlegen, in dem alles haarklein beschrieben und gestochen scharf photographiert war. Der ganzen Nation war die sexuelle Befreiung in den Unterleib gefahren, man konnte sich diesem nationalen prickelnden Aha-Erlebnis nicht entziehen. Auch Rosi und ihn hatte die Sexwelle voll erwischt, sie sind nach besten Kräften mitgeschwommen.

Seltsam, daß sie es nie schafften, richtig schamlos mit Wörtern umzugehen, wie man es aus Pornofilmen kannte. Sie vollzogen den Akt immer noch fast wortlos und stumm, von den jahrtausendealten Paarungslauten abgesehen. Dabei spürte er, daß ihn ein zotiges Wort zur rechten Zeit gewaltig in Stimmung bringen würde. Aber da war nichts zu machen. Es kam ihnen nicht über die Lippen, die Zeit, als man eben noch nicht so genau hinsah, funkte ihnen wohl dazwischen. Mit einer neuen Partnerin, die ihn nicht von früher kannte, wäre er da lockerer. In der alten Besetzung waren derartige Neuerungen nur begrenzt möglich.

Timo kommt mit einer Weinbergschnecke angerannt. Willi nimmt das Tier beim Häuschen und berührt behutsam die Fühler, die sich eben wieder hervorstülpen. Hier, schau mal, wenn man mit dem Finger nur ganz leicht . . . Timo schlägt ihm die Schnecke aus der Hand, zerstampft sie auf dem Steinboden. Unter seiner Sandale kracht das Schneckenhaus, ein schleimiger Fleck mit Kalksplittern bleibt. Willi packt den Buben am Arm und schüttelt ihn. Du bist vielleicht ein Hammel, ein roher! brüllt er. Am liebsten würde er ihm eine runterhauen. Jasmin beugt sich über den Schneckenfleck, die Finger vor Ekel abgespreizt, igittigitt. Sie verzieht das Gesicht, preßt beide Hände vor den Mund und läuft gebückt in ein Gebüsch, während Timo schon wieder den Boden absucht. Jetzt mach ich alle Schnecken tot! verkündet er schreiend. Was habt ihr denn da draußen? ruft Rosi. Das Essen ist bald soweit.

Willi kritzelt mit der Schuhspitze Kringel in den feinen Kies auf dem Gartenweg. Im Radio bringen sie ein geistliches Konzert oder übertragen einen Gottesdienst, eine Orgel braust los und baut feine Schnörkel in die Luft. In der Küche läßt Roswitha etwas Porzellaniges fallen, erschreckt flattern Vögel aus der

Hecke beim Fenster. Er hört, wie sie mit sich schimpft. Scherben bringen Glück! ruft er über die Schulter.

Rosi hatte ihre weibliche Sex-Literatur, ihre Soft-Pornos hinter ihrer Unterwäsche im Schrank versteckt. Durch Zufall hatte er das Versteck einmal entdeckt. Er selbst hat sich ein Geheimdepot mit Scharfzeug im Hobbykeller unter der Werkbank angelegt. Das waren schon härtere Sachen. Da war auf farbigem Hochglanzpapier auch das verborgenste hellrosa Runzelchen ausgeleuchtet. Schon möglich, daß Rosi längst auch sein Versteck ausfindig gemacht hatte. So las womöglich jeder heimlich, was der andere heimlich zu lesen glaubte. Schwierig wurde es nur, wenn man das Gelesene anwenden wollte, es sollte schließlich spontan und auf keinen Fall angelesen wirken.

Im Radio kommen Nachrichten. Rosi stellt ein bißchen lauter. Im Hunsrück demonstrieren zirka zweihundert Menschen gegen die Stationierung amerikanischer Marschflugkörper. Auf dem Juristentag in Hamburg beklagt der Kanzler Risse im öffentlichen Rechtsempfinden. Es folgt der Wetterbericht des Deutschen Wetteramtes ... ganz Deutschland unter Hochdruckeinfluß ... weiterhin sonnig ... hochsommerliche Temperaturen ... schwül ... örtliche Gewitterneigung ... gegen Abend gebietsweise Eintrübung ... kaum Abkühlung ...

Er hat eine idiotische Erektion in seiner Freizeithose aus Helanca. Mit einer Hand in der Tasche drückt er sie weg. Reine Nervosität, nichts weiter. Dieses unsinnige Aufbäumen jetzt, dieses Protzen ins Leere. Und wenn er das Organ braucht, spielt es immer öfter nur halbherzig mit. Der eigensinnige Schwellkörper trieb seinen Spott mit ihm, seine Manneskraft wurde allmählich zum Jux. Hitzewellen, bleiklumpenschwere Müdigkeit, die geheimen Anfälle von Lust, aus allem spurlos zu verschwinden, nur mit einem winzigen Koffer, mit Sakko und Scheckheft, südseewärts oder ins Hinterindische – Wechseljahre? Schon jetzt? Was war denn eigentlich los? Da steht er bei seiner Doppelgarage, hat eine Erektion, die er sich nicht erklären kann, macht ein feiertägliches Papagesicht und verfolgt Rosis Rindsbraten-Count-down.

Ihr Versteck hinter der Wäsche. Auf manche Sachen hätte sie ohne Anleitung nie kommen können. Neulich, mitten in ihrem gewohnt zügigen Liebesvorspiel, nimmt sie plötzlich seinen Fuß in beide Hände und massiert ihm die Sohlen. Befremdet will er ihr das Bein entziehen, er habe keinen Krampf. Aber sie läßt sich nicht abbringen, kriegt nur einen roten Kopf, drückt ihn mit sanfter Entschlossenheit in die Kissen zurück. Laß mich nur machen. Dann hat sie hingebungsvoll seinen großen Zeh geküßt. In diesem Moment ist ihm klar geworden, daß die Fußgeschichte zum Vorspiel gehörte. Er hat auch gewußt, wie es weitergehen würde, weil er das Kapitel ›Sich einander dienend verwöhnen‹ auf Seite 112 in einem ihrer Wäscheschrankbücher gelesen hatte. Es war eine Art Lehrbuch mit naturalistischen Rötelzeichnungen, ein dickes Paperback aus Umweltschutzpapier, alternativlerisch aufgemacht, mit dem luftigen Titel ›Transzendentale Liebe‹. Dort, wo sie jeweils las, war die Seite geknickt. Wenn er im Geschäft war, vormittags, wenn auch die Kinder von der Fläche waren, legte seine Rosi wohl ihre erotischen Pausen ein. Mit einem Fußdruck bringt sie den Staubsauger zum Schweigen, stellt er sich vor. Sie holt die Transzendentale Liebe aus dem Schrank, legt eine Platte auf, die Love Story oder den Angelo Branduardi vielleicht. Bestimmt schenkte sie sich ein Likörchen ein, Marillenlikör, den mochte sie besonders. Seine Rosi war vom Geschmack her eine Süße. Und um richtig in Stimmung zu kommen, zog sie, wer weiß, vielleicht einen ihrer superknappen Slips an.

Eines Nachts nach dem Kommissar, die Kinder schliefen fest, hat sie ihn mit einem dieser Tangas überrascht, die sie bei einem Versandhaus für erotische Dessous heimlich bestellt hatte, gleich im Dreierset: rot, schwarz und fleischfarben. Wie sie, so ein winziges Schnürchending umgeschnallt, im Wohnzimmer auftaucht, will er eben einen Schluck Bier nehmen. Ihr Anblick fährt ihm derart in die Knochen, daß er seinen Bierseidel zu hart absetzt. Die gläserne Tischplatte hatte einen durchgehenden

Sprung, aber das haben sie erst am nächsten Morgen gemerkt. Die Hausratsversicherung hat den Schaden inzwischen ersetzt. Also zuerst bleibt ihm die Luft weg. Rosi lacht nervös. Wie findest du das? Sie spielt den Clown, imitiert übertrieben die Posen und Schlangenbewegungen eines Striptease, als wolle sie nur komisch wirken und ihn zum Lachen bringen. Als sie merkt, daß ihm nicht ums Lachen ist, daß er trocken schlucken muß, bricht sie ihre Parodienummer ab. Sie lieben sich gleich an Ort und Stelle, rollen vom Sessel auf den Teppichboden zwischen Zeitschriftenständer und Yuca-Palme. Es ist schnell vorbei gewesen. Rosi hat das Schnürchending in den Wäschekorb geworfen und ist zu Bett gegangen, während er im Wohnzimmer noch eine geraucht hat.

Neben der Hollywoodschaukel hat Jasmin ihre Lieblingspuppen in den Schatten der Birke gebettet und spielt Mutti. Timo hetzt wie ein Wahnsinniger mit seiner schwarzen Plastikmaschinenpistole durch die Büsche. Eine seiner Großmütter hat ihm das häßliche Spielzeug auf dem Jahrmarkt gekauft. Es knatterte und schlug Funken dabei. ‚Made in Hong-Kong' stand auf dem Griff. In Deckung, Paps! Die Mündung schwenkt auf seinen Bauch und spritzt Feuersternchen. Tak-tak-tak-tak. Timos erhitzter Kopf verschwindet hinter der Garagenecke. Du bist tot. Du mußt umfallen! Wenn der Junge greifbar gewesen wäre, hätte er ihm jetzt eine geschmiert. Nur ein Spielzeug, sicher. Trotzdem, auf den Vater anlegen, auf seinen Bauch. Er ist eben erschrocken. Die lästige Erektion ist weg.

Die Schöfflers haben sich ein Videogerät zugelegt. Angeblich wegen der interessanten Dokumentarfilme im Fernsehen. Und kürzlich waren sie bei den Schöfflers zu einem Fondue-Essen im kleinen Freundeskreis eingeladen. Es wurde viel gelacht, herumgealbert und reichlich Rotwein und Bier getrunken. Nach den Verdauungsschnäpsen ist man auf das Thema Nummer eins gekommen. Ich zeig euch mal was, hat Bernd auf einmal ganz spitzbübisch gesagt. Helens Fußtritte unter dem Tisch, ihr flehentliches Bitten – Bernd, bitte nicht, nein – waren umsonst. Sie war den Tränen nah. Nichts hat den alkoholsturen Bernd davon abhalten können, aus dem obersten Fach der Schrankwand eine Kassette zu holen und in den Schlitz des Videogerätes zu schieben. Und dann? Na ja. Von wegen Dokumentarfilm. Gekeuche, Stöhnen, obszöne Aufforderungen, Lustschreie vor den Szenenwechseln, ein Gewoge von Leibern, verbohrtes Auf und Ab, wie Kolbenarbeit, mechanisches, hirnloses Stoßen, ein Maschinenraum aus Fleischteilen, ein sich abrackerndes Team mit verzerrten Gesichtern. Der Film ist allen zum Explodieren peinlich gewesen. Die Männer haben sich umständlich Zigaretten angezündet und überlaute Witzkommentare abgegeben, haben so getan, als würden sie nur gelegentlich und beiläufig hinschauen. Manchmal haben sie alle brüllend gelacht. Das hat gut getan und irgendwie erleichtert. Die Frauen waren wie aufgescheuchte Vögel in einer Ecke des Zimmers zusammengeflattert, die Hände in die Hüften gestemmt oder an die Wangen gelegt. Kopfschütteln. Empörung und aufgekratzte Belustigung vermischten sich. Sie blickten zum Bildschirm und gleich wieder weg. Ach, das ist ja ekelhaft. Iiii – kuck mal . . . schalt doch das Ding ab, Bernd. Was soll das? kam es aus der Frauenecke. Es war, als habe der Film, in dem sich die Geschlechter so unentwirrbar verknäuelten, bei den Zuschauern eine sofortige Geschlechtertrennung bewirkt. Bernd war der einzige, der das Machwerk unverhohlen genoß. Er hockte zwei Meter vor dem Bildschirm wie bei einem Fußballspiel, nahm immer wieder einen Schluck Bier und drehte sich bei besonders schweinischen Szenen lachend zu seinen Gästen um, die sich allmählich ans Verabschieden machten. Helen wurde vermißt. Sie hatte sich im Bad eingeschlossen. Willi ist stolz auf seine Rosi. Sie war es, die dem Spuk entschlossen ein Ende bereitet hat. Nach einigem Suchen hat sie die richtige Taste gefunden und den Apparat gegen Bernds Protest ausgeschaltet. Es war wie eine Erlösung. Danach, als die übrigen Gäste fort waren, hat sie sich zur heulenden Helen auf die Badewannenkante gesetzt und sie getröstet, von Frau zu Frau. Er, Willi, hat den beduselten Gastgeber auf dem Hals gehabt, der auf seine behutsamen Vorhaltungen wütend reagierte. Verstehst du, Bernd, die Helen hat das mit dem Porno irgendwie als Verrat an eurer Intimsphäre empfunden. Das war ganz schlimm für sie. Und für die andern, besonders für die Schätzles, ist es einfach peinlich gewesen. Es gibt eben Dinge, die man nicht gemeinsam ... Bernd hat heftig abgewinkt. Hör doch auf, Mensch. Die sind sowas von verklemmt, hat er geschimpft, die ziehen sich doch längst heimlich ihren Wohnzimmerporno rein. Anders läuft bei denen überhaupt nichts mehr. Die geben das bloß nicht zu, die Spießer. Benehmen sich wie Stiftsdamen und keusche Josephs. Später ist Bernd etwas einsichtiger geworden. Es hat sogar zu einem Versöhnungsküßchen mit Helen gereicht.

Es war eine lange Nacht bei den Schöfflers. Gegen halb drei muß es gewesen sein, wie sie heimgekommen sind, müde und zerschlagen vom Diskutieren, Beschwichtigen und Trösten, vom Alkohol benommen. Trotzdem hat er damals noch mit Rosi geschlafen. Sie hat sich ein bißchen gesträubt, sie fühle sich so kaputt, und morgen müsse man früh raus, die Kinder bei den Großeltern abholen. Aber er hat nicht aufgehört, sie zu bedrängen. Irgendwann hat sie dann mitgemacht. Während der Vereinigung haben sich die Szenen aus Bernds Pornofilm in seinen Kopf gedrängt. Er hat das Wirrwarr der Lustlaute gehört und mitgestöhnt. Rosi hat sich danach noch die Zähne geputzt. Er nicht mehr. Sie hat ihren Schlüpfer in die Wäschetruhe geworfen und den Wecker gestellt. Im Finstern hat Willi an die Decke gestarrt. Rosi hat sich von ihm weg zur Seite gedreht und in Embryostellung zusammengezogen. So schlief sie oft, die Nase fast auf den Knien. Er spürt dann nur die leichte Berührung ihres Hinterteils an einem Punkt seiner Hüfte und ihre kalten Fersen an seiner Wade.

Willi betrachtet die träge segelnden Wolkenschiffe am Vatertagshimmel. Seltsam war es schon, überlegt er, daß sie immer noch kein Videogerät hatten. Im Freundeskreis, bei Bekannten und Geschäftskollegen gehörte es längst zur Standardeinrichtung, eine Selbstverständlichkeit. Im Grunde ist so ein Videogerät eine tolle Sache. Kommt darauf an, was man damit macht. Manchmal bringen sie wirklich gute Spielfilme im Nachtstudio. So lange kann einer, der morgens topfit im Betrieb stehen muß, nicht wach bleiben. Oder informative wissenschaftliche Sendungen, interessante Diskussionsrunden, Tierfilme für die Kinder, ganze Sprachkurse oder Computerlehrgänge, Telekolleg und so weiter. Könnte man alles aufnehmen. Die alten Filme mit Hans Moser und Theo Lingen sieht er so gern. Über den Moser Hans kann er sich halb totlachen. Könnte er aufnehmen. Und jedesmal, wenn er so richtig lachen will, schaut er sich einen Moser-Film an. Bernds Pornokassette . . . mein Gott, was war schon dabei! Vermutlich hat er recht gehabt, und die scharfen Sachen in den Wohnzimmern gehören längst zum Intimleben der befreundeten Paare, der Leute überhaupt. Rosi und er, zwei Einfaltspinsel von gestern. Fast wie Schottmüllers nebenan. Sie lassen sich einen ganzen Genußsektor entgehen. Wenn man schon in einer Zeit lebt, in der jeder auf seine Kosten kommen kann, per Nachnahme oder Vorkasse, Gewünschtes einfach ankreuzen, warum soll man davon nicht profitieren? Er wird sich die Sache mit dem Videogerät nochmal durch den Kopf gehen lassen, mit Rosi darüber sprechen. Natürlich nicht wegen dem Pornozeug, darum geht es nicht. Das kann sich ergeben, möglicherweise.

Von Westen her nähert sich eine Wolkenfront mit grauen Kuppen, schiebt sich langsam über die Tannenwipfel, eine Flotte von steinbeladenen Lastkähnen. Rosi ist nicht mehr in der Küche, in der Kasserolle blubbert Soße bei kleiner Hitze. Das Radio spielt volkstümliche Weisen. Die Blätter der Birke schimmern silbrig, und Jasmin kämmt ihre Puppen. Ein sanftes, ausgeglichenes Kind, manchmal ein wenig Prinzessin auf der Erbse. Sie hat viel von ihrer Mutter, auch im Aussehen. Sie wird eine schöne junge Frau werden, man wird auf sie aufpassen müssen. Timo rennt gebückt, die Maschinenpistole im Anschlag, an der Grundstücksgrenze entlang und nimmt Gregor, einen Nachbarsbuben und Kindergartenfreund, gefangen. Gregor ergibt sich, streckt die Arme hoch. Timo wird ihn trotzdem erschießen, garantiert. Sein Kommandogeschrei läßt das Schlimmste befürchten. Geht's nicht ein bißchen leiser, verdammtnochmal? ruft Willi.

Er faltet die Hände auf dem Rücken, gähnt gedehnt, von Kunstpausen unterbrochen. Gegen diese rätselhafte Müdigkeit, die in den letzten Jahren immer mehr die Oberhand gewann, war kein Kraut gewachsen, da half kein Kaffee, kein Sport, kein Ausschlafen. Sie fiel schon beim Aufstehen über ihn her, blieb an ihm hängen und wurde im Laufe des Tages schwerer und schwerer. Er könnte sich jetzt auf den Rasen fallen lassen und sofort einschlafen. Etwas war nicht in Ordnung. Er müßte zum Arzt. Aber was sollte er dem sagen? Vielleicht: Herr Doktor, ich bin müde, ich hab's kaum in ihre Praxis geschafft? Vor einem Jahr ungefähr hat er sich generaluntersuchen lassen, Rosi hatte darauf bestanden. EKG, Blut, Leberwerte, alles bestens. Herr Neff, hatte der Arzt gesagt, wenn sie halbwegs vernünftig leben, vielleicht das Rauchen sein lassen, können sie so alt wie Methusalem werden. Von seiner Müdigkeit hat Willi damals nichts erwähnt. Er hat gedacht, sie ginge vorbei. Aber sie ist eher schlimmer geworden, er hat sich nur daran gewöhnt, hat sein bißchen Energie auf das Notwendigste konzentriert. Dieses Frühjahr war es besonders schlimm.

Früher waren die Tage im Frühling durchsichtig blau, Flugwetter für innendrin, für die Seele. Die Tage waren neugierig aufeinander, Wundertüten für Kinder. Gut, der Inhalt mag immer ähnlich gewesen sein: ein Sportlerbild, eine Trillerpfeife aus Bakolit, Kaugummi, ein Plastikring mit Glasrubin. Doch darum ging es nicht. Es war der Moment des Aufreißens, der zählte. Es war diese jauchzende Bereitschaft, sich zu wundern, eine unverwüstliche Vorfreude.

Das Freuen ist ihm irgendwie abhanden gekommen. Worauf sollte er sich noch freuen? Er hatte kein unbekanntes Land mehr vor dem Bug, nur noch Wiederholung, eine abgestandene Szenerie. Die paar Überraschungen, die noch ausstanden, waren fahrplanmäßige Schicksalsschläge und kleinere Unannehmlichkeiten, mit denen jedermann zu rechnen hatte. Wenn er in Fahrtrichtung blickte, sah er seinen Schienenstrang und weit vor dem Horizont den Sackbahnhof mit Prellbock, eine Bahnstation ohne Stadt, nichts zum Aussteigen. Aus der Volldampfreise war Pendelverkehr geworden, komfortabel und einschläfernd. Der Himmel hatte seine Weite verloren. Willi blickt hoch. Ein blaugestrichener Holzdeckel, der auf den Hügeln ringsum auflag. Durch die Täler, wo der Deckel nicht schloß, kam ein wenig Frischluft. Sie reichte gerade zu einem sparsamen, verhaltenen Atmen.

Timo schmettert seine MP gegen den Birkenstamm, weil von seinen Salven niemand umfallen will. Breitbeinig wie ein Karatekämpfer, in die Knie gebeugt, den Unterleib vorgedrückt und die geballten Fäuste neben den dünnen Oberschenkeln, stellt er sich vor dem Küchenfenster auf und brüllt heiser-aggressiv: Wann gibt's denn endlich was zu futtern? Gleich, Schatz, ertönt Rosis Stimme in der Küche. Sie beugt sich aus dem Fenster. Jasmin, du kannst schon mal den Tisch decken. In einer Minute können wir essen!

Der italienische Eismann rollt mit seinem Verkaufswagen in den Finkenweg. Seine Messingschelle macht einen Höllenlärm. Eis! Gelati! hallt sein Ruf sehr italienisch durch das Wohnviertel. Sofort kleben die Kinder an Willis Hose. Jasmin schmiegt sich an seinen Bauch und schaut mit ihren sanften Augen, die sie von der Mutter hat, zu ihm hoch, während Timo an der Gesäßtasche zerrt, in der er Kleingeld vermutet. Er zwängt seine Hand hinein, stülpt das Futter um, Münzen klimpern auf die Platten und rollen davon. Jetzt rutscht Willi die Hand aus. Timo steht wie versteinert da und hält sich die Wange. Dann verdreht er die Augen bis ins Weiße, brüllt los, torkelt zick-zack über den Rasen, durchs Gemüsebeet und schreit: Hilfe! Hilfe! Ich bin blind, ich seh nix mehr! Rosi schimpft: Was soll denn das Affentheater? Was hat er denn, Willi? Willi winkt ab. Rosi reicht eine Glasschüssel und einen Zehnmarkschein durchs Fenster. Als Jasmin damit zum Eismann will, wird Timo schlagartig wieder sehend. Blitzschnell entreißt er seiner Schwester Schüssel und Geldschein. Von der Straße hört man sein Triumphgeschrei: Für zehn Mark die ganze Schüssel nur Schoko, nur Schoko! Willi müßte ihm hinterher, er weiß. Er sammelt die Geldstücke auf.

Rosi erscheint auf der Terrasse. Sie hat die Schürze abgebunden, hat ihre roten Kämme in der Hand und schüttelt ihr Haar frei. Essen ist fertig, singt sie. Willi setzt sich in Bewegung, trottet los in Richtung Wohnzimmer zur Eßecke, die Kinder hinterher, Jasmin mit ihrer Lieblingspuppe, Timo ein braunes Eisgebirge in der Schüssel und verschmiert um den Mund. Wie die Bären bei der Nachmittagsfütterung im Zoo, denkt sich Willi. Ein mit Liebe gedeckter Tisch wartet auf sie, ein Strauß Margeriten in der Mitte, das Feiertagsporzellan, weiße Servietten, für die Kinder je zwei. Der Fernseher läuft bei abgedrehtem Ton, ein akkurat gescheitelter Knabenchor, der Tölzer oder Regensburger, öffnet und schließt lebhaft die Münder. Sie loben den Schöpfer oder preisen den Frühling, vielleicht beides. Timo spielt Zigarettenrauchen mit einem langen Pomme frite. Jasmin wiegt ihre Puppe. Das Anschneiden des Bratens ist Willis Geschäft. Er muß dazu aufstehen. Rosi schaut ihm gespannt zu. Ist er durch? Rosa Saft quillt auf die Platte. Genau richtig, stellt Willi fest, wunderbar. Sie stoßen mit ihren Weingläsern und mit den Saftgläsern der Kinder an. Zum Wohl. Jetzt aber los. Guten Appetit!

Von Willis Gaumen verbreitet sich der Wohlgeschmack übers Gemüt und verwandelt sich wundersam in Wohlbefinden und heitere Ruhe. Er lehnt sich zurück, schnauft tief. Am Nachmittag würden die Sedlmayers mit ihrem Nachwuchs zu Besuch kommen. Dann konnten die Kinder im Garten zusammen spielen. Sie, die Erwachsenen, würden in Ruhe das Tennismatch im Fernsehen anschauen können. Seit Boris Becker interessierten sich auch die Frauen für diesen Sport und hatten sich die Regeln und das Punktezählen erklären lassen. Wenn das Wetter so blieb, würde man gegen Abend vielleicht einen Spaziergang machen. Zum Ponyhof am Dorfrand. Das gefiel den Kindern. Man könnte auch mal über den Festplatz bummeln, wo der Gesangverein mit Bierzelt und Vergnügungspark sein alljährliches Vereinsfest feierte. Dort gab es frischgezapftes Bier, Bratwürste, Zuckerwatte und Boxautos und gut aufgelegtes Volk. Für den Sommerurlaub im August hatten sie mit den Sedlmayers eine Ferienwohnung am Neusiedler See gebucht. Das war eine kinder- und familienfreundliche Gegend. Dort konnte man sich so richtig erholen. Es gab doch noch einiges, worauf man sich freuen konnte.

Also Roswitha, sagt Willi mit vollem Mund, dein Braten ist diesmal besonders gelungen. Phantastisch. Sie lächelt, als sei sie eben gestreichelt worden. Sie war schön wie ein Apfel im Oktober, eine Goldparmene. Willi weiß, an Flucht ist nicht mehr zu denken. Wozu auch? Wenn er die Augen ein bißchen zusammenkniff, war alles wie im Paradies.

Pamela's Beauty Shop

Eine halbe Zigarette lang drückt er sich schon vor der glitzernden, spiegelnden Fassade von Pamela's Beauty Shop herum. Bei manchen Modeboutiquen, die Didis Men Shop, Novalis Couture, New Fashion oder Spleen hießen, empfand Siegbert eine ähnliche Schwellenangst. In solche Läden ging er nur mit zusammengebissenen Zähnen, in Waltrauds Begleitung und nur ihr zuliebe, und wenn sie wieder draußen waren, schimpfte er auf die hohlen, zickigen Verkäuferinnen und zog aggressiv eine Zigarette durch.

Zum x-ten Mal studiert er den Zettel, auf dem ihm Waltraud die Einkäufe zum Wochenende aufgeschrieben hat. Bis auf einen Posten war alles erledigt, nur ein Wort, etwa in der Mitte der Liste, hatte er lange nicht entziffern können. So hatte er den fraglichen Posten beim Einkaufen immer wieder zurückgestellt und sich gemerkt, daß er etwas vergessen hat. Er hat die Einkäufe im Auto verstaut, die vielen Plastiktüten fluchend, aber doch vorsichtig von den einzelnen Fingern sortiert. Den Windelkarton, von dem ein fetter Reklamesäugling strahlte, hat er mit besonderer Erleichterung auf den Rücksitz geworfen. Beim Gang durch die City war ihm das Säuglingsbild peinlich gewesen. Die Leute mochten denken, er habe so ein herausgefressenes Kerlchen, so einen Miniaturbuddha daheim. Manche Säuglingssorten waren ihm zuwider. Säuglinge sind immer Tyrannen, das ist ihr gutes Recht. Aber die mit den Speckringen, die man manchmal als Wonneproppen bezeichnet, sehen aus, als seien sie es aus reiner Bosheit. Er hat sich beeilt, aus der niedrigen Parketage ins Freie zu kommen, bevor ihm die Benzindämpfe zu Kopf steigen konnten.

Im Brauhaus Moniger hat er ein kleines Bier und einen Obstler getrunken, weil dort der Kaffee nichts taugt. Er hat ihn zwar noch nie probiert, aber in solchen Bierwirtschaften, das weiß man auch so, ist der Kaffee immer schlecht. Normalerweise nimmt er um diese Vormittagszeit keinen Alkohol zu sich, aber erstens ist ein Samstag kein normaler Tag, und zweitens kann er nichts dafür, daß die im Moninger keinen vernünftigen Kaffee kochen. Einmal war er zur Abwechslung in eines der Bistros gegangen, wo man für seinen Geschmack zwar nicht gemütlich sitzt, aber einen erstklassigen Kaffee serviert bekommt, schwarzbraun und schaumig, wie er ihn mag. Er hatte einen getrunken, aber danach noch ein Bierchen und einen Obstler bestellt, weil er das vom Moninger her so gewöhnt war.

Nach dem Schnaps und dem ersten Schluck Bier im Moninger hat er noch einmal den Einkaufszettel aus der Tasche gekramt, um das vertrackte Wort in der Listenmitte vielleicht doch noch zu enträtseln. Und siehe da, als habe ihm das Schnäpschen die Sinne geschärft und zu plötzlichem Durchblick verholfen, jetzt hat er das Wort fast mühelos lesen können: Bimsstein, stand da. Bimsstein.

Ihm fiel ein, daß Waltraud so etwas benutzte, um sich die Härchen von den Beinen zu schaben, blonde Härchen, die ihr stachelig nachwuchsen, dann flaumig wurden, bis man sie über ihre Schienbeine kämmen und streicheln konnte. Ihm gefielen Waltrauds naturbelassenen Beine. Er hatte ihr oft gesagt, daß er ihre Beinbehaarung erotisch findet, irgendwie rassig. Sie lege keinen Wert darauf, rassig auszusehen, hatte sie einmal ziemlich knurrig geantwortet, sie sei schließlich kein Rennpferd, rassig – das sei so ein typischer Männerausdruck für Frauen, außerdem wolle sie vor allem sich selbst gefallen. An Männerbeinen sei das Gestrüpp als Überbleibsel aus der Affenzeit in Ordnung, aber bei Frauen fände sie es widerlich. Damit war der Fall erledigt gewesen, und sie schliff sich also immer noch die Beine mit diesem Bimsstein glatt, wenigstens während der Sommermonate. Damals war er ein bißchen beleidigt gewesen, weil sie seinen Geschmack so leichthin ignoriert hatte. Wo er doch der Mann ist, dem sie eigentlich gefallen wollen müßte.

Wenigstens hätte sie jetzt ein so idiotisches Wort wie Bimsstein deutlicher und sorgfältiger schreiben können! Zumal sich das Zeug nur langsam abnutzte und daher höchstens alle Schaltjahre mal auf dem Einkaufszettel auftauchte. Beliebig viele hingekritzelte m-Bögen, kein i-Punkt dort, wo er hingehörte. Überhaupt, die ganze Liste ohne System. Kraut und Rüben. Eine Einkaufsliste ordnete man, grob wenigstens, nach Sachgebieten. Das wird man doch verlangen können, verdammtnochmal. Frage eins: Was braucht man? Frage zwei: Was bekommt man wo? Er ist doch in einer stinknormalen Drogerie gewesen, hat Klopapier, Deo-Spray, die Windeln, Ohrenstäbchen, Slipeinlagen, Tampons normal, Zahnpasta und anderen Körperpflegekram gekauft. Die hätten garantiert auch Bimsstein gehabt. Aber wie soll einer auf sowas kommen, wenn das saublöde Wort fast unleserlich zwischen Kopfsalat und Kippdübel steht?

Zehn Minuten bis Ladenschluß und keine normale Drogerie in der Nähe, nur dieser Pamela's Beauty Shop, die hochnäsigste und teuerste Parfümerie in der ganzen Stadt. Und da soll er jetzt hineingehen und Bimsstein verlangen. Das kommt ihm etwa so vor, als müsse er in einem Dreisterne-Restaurant Kartoffelpuffer bestellen.

Zu beiden Seiten des Eingangs leuchten die runden Insektenaugen der automatischen Türöffnung aus dem schwarzen Marmor. Er schaut auf seine Uhr und auf den Einkaufszettel und flucht in sich hinein. Eine geldvornehme alte Dame mit lilaschimmernder Dauerwelle und einem Pekinesen auf dem Arm durchquert die Lichtschranke. Mit elektromechanischem Rumpeln öffnet sich die gläserne Wand. Er gibt sich einen Ruck, schnippt versehentlich die Zigarettenkippe auf den Schuh eines Passanten und folgt der Frau so knapp, daß er ihr Parfüm und ihren Ledermantel riechen kann. Hinter seinem Rücken schiebt der unsichtbare Lakai die Glaswand wieder zu, der Verkehrslärm der Hauptstraße ist wie abgeschnitten. Schwerduftende Geräuschlosigkeit umhüllt ihn, balsamische, sinnbetörende Stille. Wie ein Eindringling steht er auf dem moosigen Plüschrasen im Tempel der weiblichen Schönheit, im Heiligtum des Luxus. Sein Blick verirrt sich im Zauberspiegellabyrinth. Kandelaber, Kristall, Altgoldglanz auf Kirschbaumholz, rosa Seidenschimmer, Frauenweichheit – alles nimmt er auf einmal wahr und sieht doch nichts. Das Etablissement ist fest in Hexenhand.

Reklamephotos glänzen von den Wänden. Eine rehkitzfeine Schöne schlängelt sich um das weiße Dinner-Jacket eines stahläugigen Jungunternehmers. ›White Linnen‹ heißt ihr Zauberstoff. Eine Exotin der Extraklasse wickelt einen graumelierten Großindustriellen um den Finger. ›Fidji‹ heißt ihr Elixier, das den alten Geizkragen so betört, daß der ihr ein Collier aus Smaragden und Brillanten um den kaffeebraunen Schwanenhals legt, sie braucht nur noch den Kragen ihres Ozelots zurückzuschlagen. Eine andere Meisterin der Hexenzunft versprüht eine Essenz der Marke ›Opium‹ auf dem nächtlichen Boulevard Saint-Michel und läßt alle Männer in ihrem Kielwasser erstarren. Eine Lady Manhattan räkelt sich langbeinig auf einem Ledersofa, bis unter den Gefrierpunkt geschminkt. Sie läßt nichts an sich ran, außer zwei Afghanhunden, die wahrscheinlich verzauberte Liebhaber sind. Er kommt ins Schwitzen. Oh Siegbert, du Konsumverzichter, du einstiges Mitglied des Kommunistischen Bundes Westdeutschland und Gründungsmitglied der Roten Zelle Vorderes Walzbachtal! Was hast du in dieser Hochburg kapitalistischer Dekadenz verloren, du, der schon beim Kauf eines Walkmans oder einer 60-Watt-Stereoanlage mittlerer Qualität in Versandhauspreislage ein schlechtes Gewissen hat? Der Bimsstein ist schuld.

Die Dame mit dem Lilastich im Haar, wahrscheinlich Fabrikantenwitwe, hat ihre Krokodillederhandtasche nebst Hündchen auf einem zierlichen Boudoirstühlchen bei der Kasse abgestellt. Sie nimmt ein Blatt aus ihrem Scheckheft. Dieses Stühlchen, dieses Hündchen- und Handtaschenstühlchen! Darauf könnte sich ein Mann nur spaßhalber setzen. Das war ein Möbel für Frauen mit extrem vornehmen, kleinen Hinterteilen. Seine Waltraud würde das Ding in Grund und Boden sitzen, und die war für sein Empfinden zwar kompakt, aber eigentlich ganz normal gebaut.

Bei seinem benommenen Vorwärtstappen wirft er einen schnellen Blick zum Ausgang. Sieben, acht Schritte, und er wäre wieder draußen. Sein Bauch stößt gegen eine gläserne Auslagenvitrine, die mitten im weiten Raum auf einem Marmorsockel steht. Verlegen über das Mißgeschick, beugt er sich scheinbar neugierig über den Glaswürfel. Auf königsblauem Samt steht eine winzige Kristallphiole, die ein paar Tropfen honigfarbener Flüssigkeit enthält. Er liest die schwarze Schrift auf dem elfenbeinweißen Etikett: ›Chanel No. 5‹. Und daneben, wie absichtslos hingeworfen, geradezu hingeschmissen, als sei es ein Putzlappen, eine spinnwebenfeine Frauenunterhose, ein Hauch nur, ein Nichts, zum Forthusten. Berufskleidung für Hexen, von Elfen aus Tau gewebt. Waltraud trug mit Vorliebe weiße Baumwollunterhosen, manchmal mit einem aufgedruckten Herz oder einer lustigen Mickymaus in der Leistengegend. Waltraud in diesen Spinnwebenunterhosen. French Knickers, liest er auf einem Schildchen. Création Lefabre, Paris, 85,– DM.

Er schwitzt stark. Die Fabrikantenwitwe steckt ihr Scheckbuch weg und läßt das Hündchen auf ihren Arm springen. Sie redet zuckersüß auf das Tier ein, während sie mit einem hingeflöteten ‚bye bye' zum Ausgang trippelt. Jetzt ist er der einzige Kunde im Laden. Er tut so, als sei er in die Auslagen in der Vitrine vertieft, in die Parfümphiole und die French Knickers, aber lange konnte man so wenig nicht anschauen. Über das Glasdach des Kastens hinweg schielt er durch den Raum. Zwischen den Spiegeln, hinter den glitzernden, inwendig beleuchteten Verkaufstheken bewegt sich etwas. Die Hexen haben Position bezogen, sie stehen einfach da, verströmen ihre schweren Wohlgerüche, bombardieren ihn mit ihrer Schönheit und lauern auf seine Reaktion. Sie haben Zeit, sie können warten. Seine Socken ziehen Schweiß, er kommt sich mit einem Mal krötenhäßlich vor. Die nikotinbraunen Fingerkuppen, die fettige Abdrücke auf dem Vitrinenglas hinterlassen haben, seine ausgebeulten Hosenknie, ein dicker, sich immer wieder füllender Pickel am Nasenflügel stören ihn plötzlich. Dann die haarigen Beine seiner Waltraud daheim . . . Bimsstein verlangen müssen . . . paßt alles zusammen . . . raus hier, Siegbert! Du hast dich verirrt.

Haben Sie einen besonderen Wunsch? Kann ich Ihnen helfen? Sanft wie Katzenfell schmeichelt ihn die Stimme an. Er zuckt zusammen, hat die Frau gar nicht kommen sehen. Die geballte Schönheit steht plötzlich vor ihm und lächelt ihm ins Gesicht. Was für Augen! Große, schräge Katzenaugen, gefährlich und grün wie Gletscherbachwasser. Bei dem gedämpften, fast geraunten Verkaufsgespräch hat Siegbert den Eindruck, nicht persönlich anwesend zu sein, die Wörter entschweben fremd seinem Mund und versickern im Teppichboden. Benommen folgt er der Katzenäugigen zur Kasse, dem Rascheln ihrer Strümpfe hinterher. Von irgendwo hört er Frauenstimmen flüstern und kichern. Die Kasse piepst. Seine Hand zieht zwei Hunderter aus dem Geldbeutel. Gestern war er auf der Bank.

Als Geschenk verpacken?

Wie bitte? Ach so, als Geschenk... nein danke... oder doch... ja bitte.

Mit hexenflinker Geschicklichkeit zaubert die Katzenäugige zwei winzige glänzende Päckchen, verwandelt Geschenkband in Goldspiralen, während er gebannt auf ihre Hände und Haare starrt. Als sie ihm ein braun-goldenes Plastiktütchen überreicht, schlägt sie noch einmal mit einem Lächeln zu, dann ist er draußen. Hinter ihm rasselt ein Eisengitter, Pamela's Beauty Shop macht Feierabend.

Ein Straßenbahnungetüm überfällt ihn, Alarmschellen, das schon nach zu spät klingt, Vollbremsung. Nochmal Schwein gehabt, Siegbert.

Der Schreck hat ihn hellwach gemacht. Er greift in seine Jakkentasche und befühlt die Päckchen. Eines ist hart und nur wenig größer als ein Maggi-Suppenwürfel, das andere ist weich und fühlt sich an wie das feine Seidentuch eines Zauberers. Eine Unterhose und ein Parfüm im Wert von 195,– DM in einer Faust verstecken zu können, wobei man beides eigentlich nicht brauchte, das war wirklich Luxus. Er empfindet ein fremdes angenehmes Prickeln im Magen, das sich über den Bauch durchs Gedärm bis zwischen die Beine ausbreitet. Jetzt kannte er das auch einmal, das Luxusgefühl.

Auf dem Rückweg zum Parkhaus muß er wieder am Moninger vorbei. Er hat noch ein Fünfmarkstück im Geldbeutel. Wenn schon, denn schon, denkt er sich und nimmt auf dem Stuhl Platz, wo er schon vor einer Viertelstunde gesessen hat. Nach dem Erlebnis in Pamela's Beauty Shop hat er einen trockenen Hals, und die Straßenbahngeschichte hat ihm den Rest gegeben. Noch immer hat er ein unwillkürliches Muskelzucken unter dem rechten Auge. Einen Schnaps kann er weiß Gott vertragen, und für ein kleines Helles reicht das Geld auch noch. Vor sich auf den Tisch stellt er die beiden Päckchen, links Chanel, rechts die French Knickers. Der Kellner plaziert die Getränke dazwischen.

Seine Waltraud hatte auch grüne Augen. Na ja, nicht so überirdisch grün wie diese Satansbraut im Beauty Shop, eher grünliche, die ins Graue gingen. Waltrauds Augen waren auch nicht so groß und gefährlich, sondern eher klein und rund und gutmütig. Unter einem solchen Blick ließ es sich alle Tage aushalten. Wie sollte einer mit so gefährlichen, hypnotischen Augen im Alltag zurechtkommen? Das war etwas für Verführungsszenen im Film oder für Titelphotos auf Herrenmagazinen. Siegbert betrachtet die Päckchen auf dem Tisch.

Er freut sich jetzt richtig auf daheim. Waltraud würde aus dem Staunen nicht mehr herauskommen. Großzügig, leichtsinnig, direkt verschwenderisch, ein Liebhaber erlesener Genüsse – so kannte sie ihren Siegbert nicht. Das war eben auch eine Seite seines Wesens, die ohne Pamela's Beauty Shop im Verborgenen geblieben wäre. Er überlegt, wie er Waltraud davon überzeugen könnte, daß die Geschichte in dem Laden nicht mit rechten Dingen zugegangen ist. Das würde nicht leicht sein, Waltraud hatte wenig Sinn für Okkultes. Wenn er wenigstens an den Bimsstein gedacht hätte. Aber dazu hätte ihm ohnehin das Geld nicht mehr gereicht. Sicher würde sie erstmal mit ihm schimpfen und ihn für verrückt erklären. Und irgendwann, nachdem die erste Druckluft raus war, würde sie ein Lächeln nicht unterdrücken können, würde den Kopf schütteln und sagen, das sei typisch Siegbert. So etwas könne nur ihm passieren.

Und spät am Abend, nach dem Tatort-Krimi vermutlich, wird sie garantiert im Schlafzimmer verschwinden und mit diesen French Knickers wieder auftauchen. Und sie wird ihm ihren Hals und die Handgelenke hinhalten und sagen: Riech mal!

Siegbert kippt seinen Schnaps. Ein älteres Ehepaar am Tisch gegenüber ißt Wurstsalat. Er merkt, daß sie amüsiert und verstohlen zu ihm hersehen und tuscheln. Man sieht ihm wohl an, daß er sich angenehme Gedanken macht. Reiß dich zusammen, Siegbert, befiehlt er sich. An der Ausgangstür stellt sich ihm der Kellner in den Weg. Es passierte ihm immer wieder, daß er das Zahlen vergaß.

Alfred und Kleopatra

Herrgottsack, schimpft Alfred und schlägt auf seine Armbanduhr, halb zwei. Irgendwo in dieser verfluchten Beamtenstadt muß doch noch was los sein. Er wühlt in seinen Sakkotaschen nach dem Feuerzeug, die Zigarette schon zwischen die Lippen geklebt. Sein Ring verhakt sich in einem Loch im Taschenfutter, eine Schachtel Pariser und ein Fingernagelknipser fallen auf den Gehsteig. Als sein Gesicht wieder hochtaucht, halte ich ihm in den hohlen Händen eine Steichholzflamme hin. Im kaltgrünen Lichtschein der Kneipenreklame sehen wir aus wie Gespenster, erschöpfte Untote ohne Aussicht auf Erlösung. ›Heu tadl‹ leuchtet die verdreckte Schrift von der falschen Fachwerkfassade, die zwischen Parkdecks und Betonschluchten alpenländische Dorfgemütlichkeit vorgaukeln soll. Das ‚s' ist defekt, ›Heustadl‹ heißt das Lokal, dem wir eben entronnen sind. Es gab einige solcher Kneipen mit verlängerter Konzession in der Stadt, Treffpunkte für die reifere Jugend von vierzig aufwärts, warme Küche bis drei. Wenn die regulären Wirtschaften dicht machten, schwemmte hier das nächtliche Treibgut der Stadt zu einem lärmenden Haufen zusammen, die Mühseligen und Beladenen, die Einsamen und Triebgeplagten, lustige Lebensmüde und lebensmüde Lustige, hier blieb alles hängen und saugte sich fest wie Essensreste in einem Abflußsieb.

Im Luftgebräu aus Hähnchenfett, Zigarettenrauch, Bier, Achselschweiß und wuchtigem Matronenparfüm walzte und zuckte ein bizarres Totentanzpublikum, als sei Punkt Sonnenaufgang die Sintflut oder der Einschlag des Kometen angesagt. Aufgedonnerte lustige Witwen, korsettverschnürt und mit künstlichen Hibiskusblüten im Haarteil, verrenkten sich im Twist, drehten sich kokett wie gerupfte Pfauen um klepperdürres oder bierbäuchiges Mannsvolk mit clownhaften Toupets, das sich mit der Vornehmheit und Grazie des abgespreizten kleinen Fingers bewegte. Ein pergamenthäutiger, frührentnerhafter Mann in Trachtenjanker und Gamsbarthut spielte Hammondorgel, eine ältere Frau mit verwelkten Brüsten im Dirndlausschnitt begleitete ihn auf dem Akkordeon, eröffnete jede Tanzrunde mit einem Juchzer, einem Jodler und dem verzweifelten Aufschrei ‚Fesch sammer!' Die Bedienerin nahm meine vier Mark und servierte mir das Zigarettenpäckchen auf einem Unterteller, zwei Zigaretten griffbereit herausgeklopft. ‚Gepflegte Gastlichkeit' hieß es manchmal in den Annoncen dieser Lokale auf der letzten Seite der Lokalzeitung. Neben uns verlor einer bei dem Versuch, seiner Tanzpartnerin den Stuhl unter das enorme Hinterteil zu schieben, das Gleichgewicht und fiel über den Tisch. Dabei ging ein Glas zu Bruch und ein Paar Weißwürste hüpfte unter Alfreds Stuhl. Es gab ein kleines, harmloses Handgemenge, bis ein kräftiger, junger Mann, ein Angestellter des Hauses, der wie ein Zuhälter aussah, Ordnung schaffte. Er packte das schmächtige Opfer verunglückter Höflichkeit an Genick und Hosenboden und trug den Mann, als wolle er ihn den übrigen Gästen noch einmal warnend vorzeigen, fast freiweg zum Ausgang. ‚Rustikale Atmosphäre' verhießen die Zeitungsannoncen solcher Gastronomiebetriebe bisweilen. Es schien mir nicht übertrieben.

Ich hatte mit Alfred an einem langen Tisch Platz genommen, der mit türkischen Arbeitern besetzt war, die sich für den Abend mit breiten, prächtig bunten Krawatten, dunklen Anzügen und aufgebauschten Schnurrbärten feingemacht hatten. Sie saßen da wie eine orientalische Delegation im Schatten eines Baldachins, mitten im Trubel vor der Tanzfläche. Auf dem Tisch standen zwei Teller mit gebackenen Hähnchen, an denen sich alle bedienten. Sofort schoben sie uns einen der Teller hin, auf dem noch ein ziemlich unversehrtes Stück lag, und luden uns lächelnd und mit ermunterndem Kopfnicken ein, an der Mahlzeit teilzuhaben. Du essen. Huhn gut. Alfred war überrumpelt. Er lehnte dankend ab und bestellte sich eine eigene Portion mit Pommes Frites und grünem Salat. Ich nahm dankend an und zupfte mir von dem Hähnchen einen knusprigen Flügel ab. Ein Brotkorb wanderte durch die Hände zu mir. Das Entertainerduo spielte einen Faschingsschlager mit dem idiotischen Refrain ‚Alles hat ein Ende, nur die Wurst hat zwei'. Einmal war Damenwahl gewesen. Eine stark gebaute Vierzigjährige mit beängstigend spitzen Brüsten, die hinter einem Lurex-Pullover auf der Lauer lagen, kam zielstrebig an unseren Tisch und schnappte sich einen, den die anderen Hüssein nannten. Die Spitzbrüstige zuckte vor Hüssein im Ententanz. Er versuchte, ihre Bewegungen nachzuahmen, aber der eckige Tanz lag ihm nicht im Blut. Seine Kollegen sahen zu wie bei einem Sportereignis.

Der ›Heustadl‹ spuckt eine Ladung Männer auf die Straße, eine übermütige, angetrunkene Mannschaft, die auf Parkuhren boxt und sich gegenseitig zum Jux zwischen die Beine greift. Alfred ist verrückt. Er will unbedingt noch irgendwohin, wo es Frauen gibt. Das Weibervolk im Heustadl – Schrott, winkt er ab. Er hat sich, ohne auf sein feines Boss-Anzügchen zu achten, auf den Stapel Schalbretter einer Baustelle gesetzt, zerrt an seinem Krawattenknoten und raucht mit jedem Zug einen halben Zentimeter Zigarette weg, eine arme verwunschene Seele, die es gnadenlos umtreibt und die nicht zur Ruhe kommt, bis sie zwischen den Schenkeln einer Frau Erlösung findet. Er will nicht kapieren, daß für diese Nacht der Zug abgefahren ist, daß es schlecht um die Erlösung steht. Vergiß es, Alfred. Komm, wir fahren heim. Da läuft nichts mehr um diese Zeit in dieser Stadt. Außer im Puff. Alfred schaut mich entgeistert an. Ne du, das ist nicht mein Fall. Da mach ich mir's lieber selbst. Ich spüre meine Chance, ihn zum Heimgehen zu bewegen. Keine schlechte Idee, sage ich, das mit dem Selbermachen. Mach ich auch in Mangelzeiten. Er ist von den Brettern aufgestanden und klopft sich den Hosenboden sauber. Noch ein gutsitzendes Argument, einen Rempler noch, und er gibt auf, denke ich. Er ist angeschlagen, er gähnt und reibt sich das Gesicht. Nicht locker lassen! Hör zu, Alfred, vielleicht kriegen wir in ›Ritchie's Treff‹ noch'n Bierchen, schön frisch gezapft, rede ich auf ihn ein, dann gehst du in dein Hotel und machst denen einen Klecks in die Bettwäsche und aus. Wir schlendern zum Parkplatz, er unwillig und Steinchen kickend, aber immerhin. Geschafft!

Wie komme ich eigentlich dazu, diesen Mann Alfred zu nennen und zu duzen, mir mit ihm die halbe Nacht um die Ohren zu schlagen und mir sein Brunftgerede anzuhören? Seit gut vier Stunden sind wir auf Tour von Kneipe zu Kneipe, immer Frauen taxieren, die er manchmal auf eine saublöde Art anmacht. Er ist mir nicht einmal sympathisch, dieser geschniegelte Alarmanlagenvertreter Alfred. Sein Problem ist nicht meines. Ich kann es ziemlich lange ohne Frau aushalten, vermutlich länger als mit. Es ist nicht so, daß ich Frauen nicht mag, aber es reicht mir eben, wenn mich ab und zu, wie es sich halt ergibt, eine besuchen kommt, die sich in meiner Höhle wohlfühlt, die fragt, ob es mir was ausmacht, wenn sie ihre Schuhe auszieht und sich auf mein Sofa kuschelt. Für so eine koche ich Muscheln in den Monaten mit ‚r' und ansonsten Spaghetti Bolognese. Ich kaufe besseren Rotwein als sonst, lagere Sekt im Kühlschrank, und im Winter drehe ich die Zentralheizung auf fünf, damit mein Besuch nicht frieren muß und wiederkommt. Wenn es mich mit einer besonders erwischt hat, wenn ich verliebt bin, besorge ich mir einen fülligen Blumenstrauß, um ihn, auf mehrere Vasen verteilt, in der Wohnung aufzustellen. Bei Sabine hat meine Wohnung zeitweise ausgesehen wie eine Friedhofskapelle. Trotz allem ist sie eines Tages nicht mehr gekommen. Das ist nun ein Jahr her, und ich habe mich an ihr Fernbleiben gewöhnt. Seine Ruhe zu haben, ist auch etwas Schönes. Ich suche nichts, ich kann warten, und meine Wartezeiten sind die schlechtesten nicht.

Gegen Abend ist mir die Decke auf den Kopf gefallen, das kommt auch dem lustigsten Einsiedler mal vor. Ich habe mich bei Selbstgesprächen vor dem geöffneten Kühlschrank ertappt und mir aus innerer Unruhe und Ratlosigkeit mehrmals die Zähne geputzt. Nach einem Blick durchs Küchenfenster in den Hinterhof war alles klar – Vollmond! Ein prachtvoller, kugelrunder Vollmond. Der ganze Hinterhof mit Teppichstange, Fahrradschuppen, Gerümpel und Wäscheleinen war aus Silber. Vielleicht ist es Einbildung, aber in den sommerlichen Vollmondnächten bin ich immer ein bißchen verquer und gehe mir am besten aus dem Weg. Ich habe mir einen Zwanzigmarkschein eingesteckt und die Wohnung fluchtartig verlassen. Nach kaum hundert Metern bin ich in ›Ritchie's Treff‹ eingebogen, um bei einem Glas Bier den weiteren Verlauf des Abends mit mir zu besprechen.

Eigentlich mag ich diese Art von Stadtteilkneipen mit ihrer windigen englischen Pub-Atmosphäre nicht besonders. Allabendlich fand sich dort ein Kundenstamm aus geeichten Mittelklassesäufern ein, die zur Begrüßung auf den Tisch oder Tresen klopften und automatisch ihr Getränk bekamen, stolz darauf, den Wirt Ritchie und die Chefin Jutta nennen zu dürfen. Ein fleckig grüner Veloursteppichboden schluckte meine Schritte, ich erschrak über die eigene Geräuschlosigkeit. Disco-Geigen aus der Musikbox, indirektes Licht, Samt und Plüsch, alles gedämpft und weich wie Brotaufstrich. Die Thekenmannschaft, die mich beim Eintreten über die Schultern gemustert hatte, verlor schnell das Interesse an mir und verbiß sich wieder in die Streitfrage, ob ein ordentliches Pils wirklich sieben Minuten Zapfzeit brauche. Ich legte meine Zigaretten auf den Mahagonitresen mit den künstlichen Holzwurmlöchern. Neben der Klotür ratterte und flackerte ein Spielautomat. Ein Gast deckte mit der Handfläche die rotierenden Zahlen ab, um sich die Sache spannender zu machen. Offenbar gewann er nichts, er winkte überdrüssig ab und zog sich an der Messingstange auf den Barhocker neben mir. Pech im Spiel, Glück in der Liebe, sagte ich. Er gab keine

Antwort, lächelte nur süßsauer und nickte, als ihm Jutta sein benutztes Cognacglas hinstreckte. Noch einen? Jutta hatte lange, gebogene Fingernägel, tiefrot gelackt, fast schwarz. Wie man mit den Krallen arbeiten konnte? Einen Knopf annähen, zum Beispiel, oder sich den Hintern wischen? Die stachen garantiert durchs Papier, bogen unangenehm nach hinten weg, spachtelten ab, statt zu wischen. Wahrscheinlich zog sie den papierumwickelten Finger ganz vorsichtig durch die Spalte, das müßte funktionieren. Frauen mit solchen Fingernägeln hatten ihre Techniken. Mein Nachbar spielte gelangweilt mit seinem Feuerzeug und roch nach Rasierwasser. Er mochte in meinem Alter sein, hatte ein schwartiges, cremeglänzendes Gesicht, eine modische Frisur ohne Koteletten und trug einen erstklassigen Zweireiher-Anzug vom Herrenausstatter. Ich sah mir unauffällig sein Schuhwerk an. Schwarze Budapester, gediegene Eleganz aus einer Schweizer Manufaktur, mindestens 250 Mark. Ich kenne mich da aus. Meine Mutter war Geschäftsführerin in einem Schuhgeschäft gewesen. Schau dir bei einem Menschen zuerst das Schuhwerk an, dann weißt du, wer drin steckt, sagte sie immer. Alfred steckte drin. Was macht man mit dem angebrochenen Abend? hat er mich unvermittelt angequatscht. Kennen sie sich hier aus? Wo kann man sich in dieser Stadt ein bißchen amüsieren? Ich erfuhr, er habe geschäftlich in Karlsruhe zu tun gehabt und habe ein Zimmer im Hotel Garni gleich nebenan. Eine Viertelstunde später saß ich in seinem bulligen BMW und wir schwebten nach meinen ortskundigen Anweisungen durch die Straßen, steuerten jene Orte an, die mir zu Alfreds Amüsement geeignet schienen. In Anbetracht der Lage duzten wir uns.

Wir hockten an biernassen Holztischen in überfüllten, lauten Studentenkneipen in der Altstadt, wo einem die struppigen, harmlosen Mischlingshunde der Alternativen ihre Schnauzen zwischen die Schenkel legten und um Knoblauchbrot bettelten, wo kumpelhafte, kompakte Mädchen mit sozialhelferischer Ausstrahlung naturbelassene, fette Schafswolle verstrickten und ihre Zigaretten drehten. Friedensgruppen und allerlei Initiativen teilten sich zum Plakatekleben und für Info-Tische ein, besprachen künftige Aktionen, erzählten von Demo-Feldzügen und bescheuerten Bullen. In einer Ecke schlürfte der Swami Detlev seinen gewürzten Tee mit Kandiszucker, lächelte erleuchtet über dieses Volk der Unerleuchteten, über Alfred und mich, als wolle er sagen: Ihr seid ja alle so beknackt, ihr hirnlastigen Gschaftlhuber, aber ich liebe euch, die ihr so unspirituell gegen euer Karma anrennt, ich liebe euch, ihr könnt es fühlen, ihr müßt das Gefühl nur zulassen, ihr Arschlöcher. Vor einigen Jahren war Detlev, ehemals ein nerviger Werbetexter, hundertprozentig verwandelt aus Poona zurückgekehrt. Aus dem Hektiker war ein wahrer Bergsee an Ruhe und Unerschütterlichkeit geworden, eine freundliche, lauwarme Sonne von Mensch. Fortan trug er bequeme himbeerrote Sachen und Sommer wie Winter eine buntgestrickte Wollmütze auf der Schädelglatze, eine Art Mönchskappe, ohne die er gar nicht mehr vorstellbar war. Eigentlich hieß er auch nicht mehr Detlev. Er hatte einen neuen, wohlklingenderen Namen bekommen, auf den er vielleicht gerne gehört hätte, wenn ihn nur jemand so angesprochen hätte. Aber kein Mensch konnte den Namen behalten, und so war er in der Szene eben der Detlev geblieben. Alfred schüttelte den Kopf. So'n Spinner, brummte er und zerrte an seinem Krawattenknoten, hat bei der Affenhitze 'ne Strickmütze auf'm Kopp. Poona-Detlev lächelte mir beim Hinausgehen zu und hob zum Abschied die Hand. Ich kann mir nicht helfen, ich mag ihn.

Eine Formation von Autonomen kam durch den Vorhang am Eingang, durch den Poona-Detlev eben abgetreten war. In ihrem proletarischen Sonntagsstaat, ihren schwarzen Second-Hand-Klamotten mit Schnürstiefeln und Hosenträgern, erinnerten sie mich irgendwie an irische Rebellenbuben im Osteraufstand, an junge Männer aus der Anfangszeit der Photographie. Alfred wurde aggressiv. Was sind denn das für Brüder? Ich kam mir vor wie ein Führer durch einen zeitgenössischen Menschenzoo, Abteilung Sozialgattungen. Soso, bemerkte Alfred ziemlich laut, die scheißen auf die Gesellschaft! Und wovon leben die, wenn man fragen darf? Er stach mit dem Finger auf seine breite Krawatte und dann auf mein Brustbein. Von solchen Leuten, solchen armen Idioten wie ich und du! Auf den Staat schimpfen, aber Sozialhilfe kassieren! Er bezahlte für mich mit. Wir ließen auf meinen Rat hin den Wagen stehen und gingen zu Fuß über das Kopfsteinpflaster der Brunnenstraße.

Drei-bis-vier, sagte Alfred.

Was?

Die Weiber da drin.

Wieso? Waren doch schöne Mädchen dabei. Zum Beispiel die am ...

Hab ich auch gesehen. Aber zu jung. Da hat der Staatsanwalt noch die Hand vor dem Schlitz.

Wir machten Station in einer jener neumodischen, kaltstrahlenden Weltuntergangswirtschaften, die derzeit wie Phosphorpilze aus dem Boden schossen. Weiß gekachelte, nischenlose Wartesäle auf den großen Knall. Wo man im schattenlosen Licht von Leuchtstoffröhren seiner eigenen käsigen Visage begegnete, in Spiegelscherben vor sich selbst erschrak, weil die Wahrheit immer ein Knüppelschlag ist. Punks schlurften mit pendelnden Oberkörpern über den Bretterboden, die zerrupften Köpfe eingeduckt, die Arme neben den Schenkeln baumelnd, als trügen sie zwei Eimer Wasser. Hier flatterten alle Vögel zusammen, die sich für eindrucksvoll schwarz oder für besonders bunt hielten. Ein Müslipärchen mit Fahrradklammern an den Pluderhosen, ein junger Bursch in Lederhose, dessen geschorener Seifenriegelkopf mich an die Hitlerbuben in dem Antikriegsfilm ›Die Brücke‹ erinnerte. Alles, bloß das nicht. Ich stand mit Alfred an einem der runden Stehbiertische, wir tranken Pils. Er versuchte, mit verschiedenen Frauen Blickkontakt aufzunehmen und rauchte ununterbrochen. Die Frauen hier sind Spitze, sagte er einmal zu mir, und bevor ich antworten konnte, starrte er wieder eine üppige, in schwarzes Nappaleder gepackte Blondine an, die mit ihrem Kir Royal allein an einem Tisch saß und ihm gelegentliche Seitenblicke zuwarf, die ihm wie eindeutige Aufforderungen vorkamen. Ravels Bolero spitzte sich dramatisch zu. Alfred drückte seine Zigarette in den Aschenbecher und ging zu ihrem Tisch. Ich sah, wie er sich altmodisch verbeugte, sich einen Stuhl zurechtrückte. Er redete auf die Frau ein, die immer wieder zum Eingang blickte, bis dort ein riesiger, fast kahlgeschorener Mann mit einem Ring im Ohr auftauchte, stehen blieb und sich spähend umsah, eine großformatige Zeichenmappe unter dem rechten Arm. Die Nappalederne winkte ihm zu. Er drängelte sich durch die Tische zu ihr. Sie umarmten sich stehend. Überflüssig geworden, blieb Alfred noch einen Moment sitzen, bevor er an unseren Stehtisch zurückkehrte und unterwegs mit einem Mädchen in hautengen Tigertrikothosen und mit schwefelgelber Irokesenbürste zusammenstieß. Er stützte sich auf die Tischplatte wie ein Boxer nach einer Serie von Nierenschlägen, zog sein Bier leer und sagte: Komm, wir hauen ab. Beim Hinausgehen kamen uns Humphrey Bogart, Wolfgang Beuys, eine Nena und eine Nina Hagen entgegen. Immer noch besser, dachte ich, als dieser Seifenriegelkopf, dieser modische Hitlerbub.

Zwo-bis-drei, sagte Alfred draußen auf der Straße.

Was? – Ach so, die Frauen.

Aber dumm wie 'n Stück Holz, brummte er.

Wir gingen zu seinem Wagen. Ich ließ mich in den weichen Sitz fallen und hätte einschlafen können. Gibt's nicht irgendwo 'ne Disco, wo nicht nur Teenies und so überkandidelte Weiber drin sind? erkundigte sich Alfred bei laufendem Motor. Ich überlegte. Das ›Galaxy‹ vielleicht. Aber, ehrlich gesagt, ich hab kein Geld mehr ... Alfreds Hand patschte auf meinen Schenkel. Kein Problem. Er legte den Gang ein. Wie muß ich fahren?

Der Türsteher des ›Galaxy‹ machte Schwierigkeiten. Er wollte mich nicht reinlassen, meine Kleidung entspräche nicht den Vorschriften. Dank Alfreds gepflegter Gesamterscheinung und imposanter Krawatte drückte er schließlich ein Auge zu. Stroboskopblitze schlugen uns ins Gesicht, Discomusik rumpelte und zirpte, von der Tanzfläche stiegen lila Nebel auf. Der Laden wimmelte von Leuten, die einfach schön sein wollten, weiter nichts. Man war körperbewußt, sportlich und potent, von Kopf bis Fuß auf Liebe eingestellt. Hier legte niemand Wert darauf, vom Widerspruch zu herrschenden Verhältnissen gezeichnet zu sein oder als Vertreter einer bestimmten Geisteshaltung zu gelten. Es war eine angenehm klare Sache. Wir bezogen Stellung an der Bar, die wie eine beleuchtete Insel im blitzdurchzuckten Dunkel lag. Alfred bestellte zwei Whisky mit Eis zu vierzehn Mark. Wir griffen uns die Gläser zwischen zwei Mädchen hindurch, die auf Barhockern an der Theke saßen. Man sah ihnen an, daß sie vor dem Ausgehen stundenlang an sich herumgeschminkt, gepinselt, gezupft und gepudert hatten. Sie saßen da wie zwei Puppen, frisch ausgepackt. Als eine von ihnen ein Päckchen Zigaretten aus ihrem Handtäschchen fischte, schnellte Alfreds Hand mit dem goldenen Feuerzeug vor ihr Gesicht. Sie erschrak ein bißchen, bediente sich dann an dem Flämmchen und drehte uns wieder den Rücken zu, um mit ihrer Freundin zu kichern. Sind sie öfter hier? fragte Alfred von hinten. Kichern. Alfred wartete ungeduldig, bis sie ihre Zigarette ausdrehte. Aus den Lautsprechern dröhnte ›Rivers of Babylon‹. Orangefarbene Nebel wallten auf. Auf einer Projektionswand hinter der Tanzfläche jagte ein Surfer auf einem Wellenkamm dahin. Alfred räusperte sich. Tanzen sie? Die Mädchen ließen sich von den Barhockern rutschen und stolzierten mit mahlenden Hüften wie auf einer Schnur davon, ein laufstegreifer, kichernder Abgang. Wir ließen unsere Eiswürfel klirren und tranken aus. Der Türsteher schickte uns einen hämischen Blick hinterher. Ihr alten Böcke, wird er sich gedacht haben.

Superfigur, die eine, sagte Alfred, aber das Gesicht – na ja, kannst ja 'n Handtuch drüber legen.

Er wollte einen Kaffee trinken. Kaffee, aha, Alfred ist geschafft, dachte ich erleichtert. Eine Tasse Kaffee war ein vernünftiger Ausklang. Danach konnte nichts mehr kommen. Wir überquerten die Straße und tauchten ins himmelblaue und pastellrosa Neonlicht des ›Bahama‹, setzten uns an ein weißes

Tischchen unter einer Stechpalme. Ich kam mir vor wie ein graues Schmutzpartikel auf einer amerikanischen Geburtstagstorte. Ich befühlte die Palmwedel. Kunststoff. Aber gut gemacht, wie vom lieben Gott. Banklehrlinge im zweiten Lehrjahr mit Fönwelle und Zigarettenetui. Unser Kaffee wurde serviert. Auf der Untertasse lag ein Keks. Die weiblichen Gäste wirkten adrett und lieb. Siebzehnjährige Damen, manche ein bißchen aufgedonnert, aber ohne sperrige Flausen im Kopf. Zahme Gymnasiastinnen, wie sie die Lehrer mögen. So hatte meine allererste Freundin ausgesehen. Ich studierte die Speisen- und Getränkekarte. Blasen, sagte Alfred neben mir, Blasen sei für ihn überhaupt das größte. Eine Frau muß vor allem gut blasen können. Ich nickte abwesend. Es gab mindestens zwanzig exotische Cocktails bei den Getränken. Artischockenböden mit französischem Weißbrot und Sauce Vinaigrette, Krabbentoast oder Austern zu vierfünfzig das Stück konnte man essen. Am Nebentisch hatte sich ein todschickes, pennälerhaftes Pärchen als Mitternachtsimbiß sechs Stück kommen lassen. Sie tranken heiße Schokolade dazu. Die junge Dame schlug ihre schwarzbestrumpften Beine übereinander. Alfred rieb sich nervös die Stirn und bekam Froschaugen. Sackzement, bin ich geil, stöhnte er und schaute weg und wieder hin. Als sie die Sahnehauben von ihrer Schokolade abtranken, die seewassersalzigen, glibberigen Austern wegschlürften, schüttelte es mich. Der Kaffee war stark und gut gewesen. Er hatte Alfred wieder aufgepulvert.

So waren wir im ›Heustadl‹ gelandet, an dem Tisch mit den Türken. Er hatte sich ein Hähnchen bestellt, nicht weil er Hunger hatte, sondern weil er sich irgend etwas Gutes antun mußte, nachdem mit Frauen nichts gelaufen war. Bis dahin wußte ich so gut wie nichts über ihn, außer daß er in Alarmanlagen geschäftlich unterwegs war und im Hotel Garni zwei Häuser neben mir ein Zimmer hatte, daß er BMW fuhr, aus Hannover kam und so potent war, daß er regelmäßig eine Frau brauchte, um nicht zu zerplatzen. Ob er verheiratet sei, hatte ich ihn gefragt. Mit einem Hähnchenschlegel hatte er abgewinkt, das habe er hinter sich,

Gott sei Dank. Nie mehr! hatte er mit vollem Mund gesagt und dabei seine Hähnchenhälfte zerrissen, daß es krachte.

Also gut, sagt er, machen wir uns eben auf den Rückweg. Sag mir, wie ich fahren soll. Ich lasse mich erleichtert in den Beifahrersitz fallen. Wir schweben los, überholen einen Lieferwagen mit druckfrischen Exemplaren der Lokalzeitung, die um diese Zeit zu den Verkaufsstellen gefahren werden. Das Gefühl gemächlichen Dahingleitens ist trügerisch. Alfred fährt zu schnell, viel zu schnell wahrscheinlich. Die Alleebäume rasen vorbei, die Wartehäuschen der Straßenbahn, es prasselt und singt, wenn Kopfsteinpflaster zu Asphalt wird. Wir fliegen fast, der schwere Wagen schluckt nur alles weg, in Wirklichkeit sind wir ein bemanntes Geschoß. Mir ist alles egal. Ich kann mich kaum wachhalten, meine Lider sind schwer wie Gipsbrocken. Um die Polizei mit ihren Alkoholkontrollen auszutricksen, lotse ich Alfred über Umwege unserem Ziel zu. Wir fahren durch eine stockfinstere, kaum bewohnte Fabrikgegend, an Werksgeländen mit Kabelrollen und toten Geleisen vorbei, an Schrottplätzen mit rostigen Blechgebirgen.

Plötzlich fühle ich mich aus dem Sitz gehoben. Die Gurte fangen meinen Körper auf, Adrenalin schießt ins Blut. Die Schnauze des BMW duckt sich hartnäckig, verkrallt sich in die Straße. Ich falle in die Polster zurück, wir stehen. Was is'n los? Alfred tastet nach seiner glimmenden Zigarette, die in den Fußraum gefallen ist. Er zeigt nach vorne. Schau dir die mal an! Die ist voll wie eine Haubitze. Eine Frau segelt über die Straße, torkelt den Gehsteig entlang, rempelt mit der Schulter einen Laternenpfahl. Die sieht gar nicht schlecht aus, bemerkt Alfred, um die Dreißig. Für einen Augenblick sieht man ihr Gesicht im Lampenschein. Die sieht sogar Spitze aus, glatt eins-bis-zwei, aber stockbesoffen. Ich kann förmlich seine Gedanken lesen. Was soll's, sage ich, um diese Zeit ist die Stadt voll von Besoffenen. Komm, wir fahren weiter. Die kommt schon irgendwie klar. Alfred hört mir überhaupt nicht zu. Er schlägt mir mit dem Handrücken gegen den

Schenkel. Schau dir das an! Die Frau tastet sich an einem trübe beleuchteten Schaufenster mit Metzgereibedarf, mit glänzenden Edelstahlwannen, Rührwerken und Fleischwölfen entlang. Der Städtische Schlachthof ist in der Nähe. Ihre Stirn schlägt gegen die Scheibe, als sie die Auslagen näher betrachten will. Sie taumelt zurück. Alfred fährt an die Straßenkante und steigt aus.

Wie die Frau ihn kommen sieht, will sie weglaufen. Sie schreit um Hilfe. Ihre Handtasche an die Brust gepreßt, versucht sie zu rennen, eine Marionette an verhedderten Schnüren. Sie gerät auf die Schienen der Schlachthofbahn, mit der das Vieh von den Stallungen zu den Schlachthäusern auf der anderen Straßenseite befördert wird, knickt im Schotter ein und schlägt lang hin. Im nachempfundenen Schmerz ziehe ich Luft durch die Zähne. Alfred beugt sich über sie, faßt ihr unter die Achseln und zieht sie hoch, stellt sie auf die Beine. Sie schwankt, er packt wieder stützend zu. Wie ein barmherziger Samariter führt er sie zum Auto. Sie lehnt sich dagegen, legt ihre Arme auf das Dach und schluchzt krampfhaft. Mach mal das Handschuhfach auf. Da sind Papiertücher drin, ruft Alfred ins Wageninnere. Ich steige aus, renne um die Motorhaube. Zu zweit zupfen wir das feine Papier aus dem Kartonschlitz und tupfen an der Frau herum. Sie hat beide Knie und die Ellbogen und Unterarme aufgestürzt. Halb so schlimm, ist ja nochmal gut gegangen, redet Alfred butterweich tröstend auf sie ein, als habe er ein Kind vor sich. Der Ton erstaunt mich bei ihm. Dann hebt Alfred zwischen beiden Händen den Kopf der Frau vom Autodach, wirft einen prüfenden Sanitäterblick über ihr Gesicht, befingert flüchtig ihre Kopfhaut. Sie starrt ihn glasig an, kapiert nichts. Ihre Augen sind verquollen und ringsum von Lidstrich und Wimperntusche schwarz verschmiert, wie hinter einer Dominomaske. Vor ihrer Nase baumelt an einer Haarsträhne ein Zierkämmchen aus Perlmutt. Mit einem Mal kommt Wut in dieses besoffene Puppengesicht, zuerst um den Mund, dann auf Stirn und Augen. Pfoten weg! schreit sie Alfred an. Er läßt sie los und dreht sich zu mir um. Hat Schwein gehabt, im Gesicht ist nichts. Die Birne ist auch o.k.

Die hätte sich ohne weiteres den Schädel brechen können, so wie die ... Alles Arschlöcher, schreit die Frau und schlägt mit ihrer Handtasche gegen die Autoscheibe. Sofort sind wir bei ihr. No problem, no problem, beruhige ich sie. Das sage ich immer, wenn mir nichts mehr einfällt, no problem, das ist meine Katastrophenzauberformel. Sie will gegen die Wagentür treten, verliert dabei das Gleichgewicht und landet in Alfreds Armen. Ihr Perlmuttkämmchen fällt auf die Straße. Ich hebe es auf und schiebe es in ihre Handtasche. No problem. Sie lallt etwas von Postscheckamt und Scheißbetriebsfeier, pfeift und stößt mit dem Finger in die Luft, wo sich ihre angefangenen Sätze in Wortsalat auflösen. Was machen wir mit ihr? frage ich Alfred vorwurfsvoll, und der grinst wie der große, böse Wolf. Die fahren wir heim.

Die Frau liegt quer über dem Rücksitz und raucht eine von Alfreds Marlboro. Sie hat ihre Pumps, ihre Handtasche und ihre weiße gehäkelte Stola im Arm. Wir sitzen verdreht in den Vordersitzen und reden ihr mehr oder weniger gut zu. Alfred beherrscht sich mühsam.

Hör mal zu. Wir fahren dich heim. Alles klar ...

No problem, sage ich unterstützend.

... aber du mußt uns doch wenigstens sagen, wo du wohnst. Verdammt nochmal, wie heißt du, wo wohnst du, wer bist du? Adresse, kapito?

Die Frau hinter uns richtet sich auf, schwenkt großartig ihre Marlboro und lallt: Ich bin Kleo ... Kleopatja von Äjyptn, jawoll, und ich wohne ... Sie pfeift wieder und fuchtelt mit dem Finger ... in der Pyramide ganzjanz oben inderSpitzedrin ...

Ich werd wahnsinnig, stöhnt Alfred, die macht mich verrückt. Er hat sich nach vorn gedreht und haut auf sein Lenkrad. Mit einem Ruck fährt er herum und schreit: Und ich bin der Kaiser von China und wohne in einer Bambushütte am Jangtsekiang, verdammte Scheiße! Steig aus! Hau ab! Eine Marlborowolke pufft zwischen uns hindurch, eine leise, müde Stimme folgt: Rheinstrandsiedlung, Daimlerstraße 24b. So. Und jetzt Abfahrt! Ein

Pfiff, ein Armschwenken, das sie schier vom Rücksitz wirft. Das war eine schwere Geburt, schnauft Alfred, wo ist diese Rheinstrandsiedlung? In Äjyptn is das, jawoll, antwortet die Stimme in unserem Rücken. Oh Frau, halt jetzt die Klappe! schnauzt Alfred über die Schulter. Rheinstrandsiedlung? – Das ist am anderen Ende der Stadt, ganz im Westen, überlege ich, fast bei den Raffinerien draußen. Alfred gibt Gas. Vorne rechts, dann erstmal am Güterbahnhof entlang, sage ich. Kleopatra hat sich aufgerichtet, lehnt mit dem Rücken gegen die Hintertür. Wenn ich mich umdrehe, sehe ich direkt in ihr Gesicht, rieche ihre säuerliche Weinfahne und das verschwitzte Parfüm. Sie stößt Pfiffe aus und schimpft aufs Postscheckamt. Dann zieht sie sich an unseren Rückenlehnen hoch, ihr Gesicht taucht zwischen unseren Köpfen auf, die Lippen fest zusammengekniffen. Die wird mir doch nicht auf die Polster kotzen, sagt Alfred und bremst vorsichtig ab. Da preßt Kleopatra schon eine Hand vor den Mund, die andere schlägt verzweifelt nach dem Türöffner. Alfred schlenkert den Wagen nach rechts auf die Bordsteinkante, sein Gurt surrt hoch. Affenartig flink ist er draußen und reißt die Hintertür auf, eben noch rechtzeitig, um den Schaden auf ein paar Spritzer Erbrochenes auf seinen teuren Schweizer Schuhen zu begrenzen. Kleopatra stürzt ins Freie und torkelt gebückt hinter einen Verteilerkasten der Post. Wahrscheinlich schämt sie sich vor uns. Wir hören, wie sie sich in Krämpfen jammernd und schreiend erbricht. Zwischen den Schüben legt sie erschöpft die Stirn auf den Kastendeckel und stöhnt erleichtert. Geht's besser? rufe ich. Schon taucht sie wieder weg. Alfred wischt sich fluchend mit einem Papierbüschel die Schuhe. Steig ein, sagt er, wir hauen ab. Mit der ist nichts mehr anzufangen. Nein, ich bleibe. Als Kleopatra wieder so gequält aufschreit, gehe ich mit einer Handvoll Papiertücher hinter den Kasten. Ich will ihr meine Hand gegen die Stirn pressen, ihr das Haar im Genick zusammenhalten, aber sie schlägt blind nach mir, wie man ein aufdringliches Tier verscheucht. Geh! keucht sie, geh weg! Sie grapscht nach dem Papier. An ihrem Kinn hängt ein Schleimfaden. No problem, Kleopatra. Sowas kommt vor. Alfred sitzt auf seiner Motorhaube und raucht. Wir warten. Kleopatra ist fertig. Irgendwie sieht sie aus wie frisch gewaschen. Sorry, sagt sie und klettert ins Auto. Alfred öffnet ihr das Fenster bis unten. Wir fahren los. Sie hat den Kopf zurückgelegt, atmet tief und gleichmäßig bei geschlossenen Augen. Ich drehe mich um und betrachte ihr Gesicht. Der Fahrtwind zerpflückt die letzten Knoten ihrer kunstvoll drapierten Abendfrisur und läßt ihre braunen Haare über die Ablage flattern, treibt schwärzliche Tränenbächlein über ihre Schläfen. Sie ist bleich wie Ziegenkäse. Eigentlich ist sie schön, wie sie ihr Gesicht so dem Wind überläßt.

Kleopatra in der Mitte, stolpern wir zwischen Hochhausklötzen über eine Rasenfläche, unter Teppichstangen hindurch, über einen Spielplatz mit Kletterturm und Sandkasten. Noch ist es finster, aber der Morgen läßt sich schon erschnuppern. Kleopatra geht es besser. Sie schwankt noch ein bißchen und ist auf eine komisch bittere Art albern und aufsässig. Sie schwingt sich lachend auf eine Schaukel. Wir sollen sie anschubsen. Los, was ist, ihr Supermänner, Power! Ich will schaukeln bis unter die Wolken! Wir geben ihr Schwung, ziehen sie an den Hüften zurück und stoßen ihren Hintern von uns weg. Alfred vergreift sich dabei, faßt ihr unter den Rock. Was soll das, Mistkerl? schreit Kleopatra. Schaukeln hab ich gesagt, nicht fummeln! Alfred zündet sich die achtzigste Zigarette an. Lang mach ich das nicht mehr mit, brummt er, die spinnt doch total, die Alte. Wir schlagen uns hier auf 'nem Kinderspielplatz die Nacht um die Ohren ... Anhalten! Ich will runter, ruft Kleopatra, mir wird schwindelig. Ich halte sie an. Sie zieht mich am Bart und drückt mir einen Kuß ins Gesicht. Du bist lieb. Du bist echt in Ordnung. Aber der dort, sagt sie, kneift die Augen zusammen und pfeift wieder, der hat's faustdick hinter den Ohren. Wo wohnst du? brüllt Alfred. Er hat sich auf den Rand des Sandkastens gesetzt. Backe-Backe-Kuchen, singt Kleopatra. Ich habe Angst, daß Alfred sie erwürgt, aber er steht nur auf und richtet sich seine Krawatte. Wir ziehen weiter. Kleopatra deutet auf Wohnblöcke, die alle gleich aussehen. Der ist es nicht. Der auch nicht. Aber der dort könnte es sein. Sie bleibt stehen, zeigt mit dem Arm nach oben. Jawoll, dort wohn ich. Mit dem Finger zählt sie ab. Im siebten . . . achten . . . neunten Stock, im fünften . . . sechsten . . . siebten Fenster von links, da wo kein Licht brennt – Scheiße, brennt ja nirgends Licht! Warum brennt denn, verflucht nochmal, nirgends Licht, wenn Kleopatra heimkommt? schreit sie. Alfred hält ihr schnell die Hand vor den Mund. Wir stehen am Eingang mit drei endlosen Reihen von Namensschildchen. Kleopatra streicht sich Haarsträhnen aus dem Gesicht, dreht sich zu uns um und nimmt eine steife, lächerlich würdevolle Haltung ein. Meine Herrn, ich danke ihnen fürs Heimfahren. Gute Nacht, leben sie wohl. Damit dreht sie sich um und wühlt in ihrer Handtasche nach dem Schlüsselbund. Alfred faßt sie am Arm. Hör mal zu, Kleopatra, so geht das nicht. Wir haben dich hier raus gefahren zum Arsch der Welt. Ich denke, 'ne Tasse Kaffee müßte für uns drin sein. Kleopatra wird plötzlich ernst. Sie blickt mir ängstlich fragend ins Gesicht. Aber ihr macht mir nichts, hörst du. Ihr klaut mir nichts, ihr schlagt mich nicht zusammen und so? Ich schüttle lächelnd den Kopf. Ach was, da brauchst du keine Angst zu haben. Sehen wir so aus?

Sie hat Mühe mit dem Sicherheitsschloß, will sich aber nicht helfen lassen, schlägt um sich, wenn man sagt, laß mich mal probieren. In einer zitronengelben Liftkabine summen wir hoch, die Farbe bohrt sich durch die Augen und schmerzt hinter der Stirn. Oberhalb der Schiebetür leuchten die Stockwerke auf. Bei ‚9' öffnet sich die Tür, wir treten in einen weiten quadratischen Flur, von dem sechs Türen abgehen. An Kleopatras Wohnungstür ist unter dem Spion ein Messingschild angeschraubt: Klaus Manthey. Hinter ihrem Rücken werfen wir uns einen Blick zu und zucken mit den Schultern. Während sie wieder am Schloß herumstochert, geht die automatische Flurbeleuchtung aus. Alfred drückt sie wieder an. Er ist zappelig erregt wie ein kleiner Bub vor der Bescherung am Heiligen Abend und sagt viel zu laut, als habe Kleopatra keine Ohren oder kein Hirn im Kopf: Menschenskind, Manfred, da bringen wir einen affengeilen Dreier, das läuft bei der. Dabei boxt er mir mit den Knöcheln seiner Faust an eine saublöde, empfindliche Stelle am Oberschenkel, sodaß mein Bein sekundenlang taub und pelzig wird.

Kleopatra knipst uns die Lichter ihrer Wohnung an, führt uns ihr luxuriöses Dreizimmer-Reich vor mit Dusche, Bad, Balkon und WC. Wir fallen in ihre weiche Sitzgruppe um einen Tisch mit schwarzer Glasplatte. Sie öffnet uns ihre Hausbar in der mächtigen Schrankwand. Campari? Batida de Coco, Jim Beam? Oder Chantré? Campari, sagt Alfred. Ich warte auf den Kaffee. Aber ein Campari könnte nichts schaden. Zinnuntersetzer kommen auf den Tisch, darauf schwere Gläser, die Kleopatra mit einem Tuch ausreibt. Salzstangen und Paprikachips in hölzernen Schalen. In dem großen Fernsehschirm neben einem Gummibaum kann ich Alfred und mich sitzen sehen. Auf dem Gerät hocken die drei Indischen Affen auf einer Häkeldecke. Eine Sammlung mit Zinngeschirr, Salzteiggebäck, eine Blumenampel in Makramee mit Zotteln und Fransen, Schabrackenvorhänge. Kleopatra macht sich an der fahrbaren Stereo-Anlage zu schaffen. Was wollt ihr hören? Was Dezentes, sagt Alfred. Major Tom ertönt. Ich zünde mir eine Zigarette mit dem schweren Tischfeuerzeug an. Es steht auf einem Brokatdeckchen, ein Marmorblock, aus dem ein Flämmchen springt. An den Wänden Kaufhausdrucke von Landschaften mit aufdringlichen Stimmungen, Fließbandgrafik von zuckersüßen Mädchen und sich umarmenden Paaren.

Kleopatra werkt in ihrer vollautomatischen Einbauküche, macht den versprochenen Kaffee. Ich schlendere ihr mit dem Glas in der Hand hinterher. Geschirrspülmaschine, plattenloser Herd mit Dunstabzugshaube, Mikrowellenherd, alles geschleckt sauber, blitzblank wie im Werbefernsehen.

Ich gehe wieder zu Alfred ins Wohnzimmer. Irgendwie ist dieser Klaus Manthey vom Türschild atmosphärisch anwesend. Nach und nach entdecke ich Gedenknischen, Altäre. Eine Pfeifensammlung im Edelholzregal an der Wand, die Photographie eines Mannes im ledernen Stellrahmen, daneben ein Strauß längst vertrockneter roter Rosen. Ich breche vorsichtig ein Blättchen weg und zerreibe es zu Pulver. Hinter Glas eine Reihe von Pokalen, häßliche Becherungetüme mit goldenen Lorbeerkränzen. Auf den Zehenspitzen stehend, lese ich die gravierten Inschriften: Honda Cup 1982, Zweiter beim Elefantenrennen des MSC Eberstedt. Die Ecke hinter Alfred ist mit kleinen ovalen und runden Bildchen geschmückt. Familienphotos, Urlaubsbilder, Kleopatra und Klaus in lederner Motorradfahrerkluft, die Helme unter den Armen, aus dem Bild winkend. Sie stehen vor einer vollgepackten Maschine. Im Hintergrund das Meer.

Mir kommt das Gruseln in diesem plüschigen Mausoleum, in dieser kuscheligen Gruft für das Leben zu zweit, wo offenbar einer den Abgang gemacht und den ganzen Plunder zurückgelassen hat. Diese repräsentative Versandhauseinsamkeit ringsum.

Alfred hat es sich im Sessel bequem gemacht, sitzt da, wie einer im Wartezimmer, der gleich in angenehmer Sache drankommt. Irgendwas stimmt da nicht, Alfred, ich meine mit dem Türschildnamen, mit Kleopatra und der Wohnung hier.

Kann sein, sagt Alfred, vielleicht ist ihr der Kerl mit 'ner andern durchgebrannt, hat sie sitzen lassen. Kommt vor, sowas. Ist nicht unser Problem.

Ich glaub eher, die ist Witwe geworden.

Na und? Dann macht Keuschheit den Typ auch nicht mehr lebendig. Die braucht jedenfalls 'n Mann, was für 'n Körper, das ist doch klar. Trauern kannst du im Kopf.

Ich weiß nicht, ich fühl mich nicht wohl bei der Sache. Die Kleopatra tut mir irgendwie leid.

Ach was! Die ist gottfroh, daß sie mal Männer auf der Bude hat. Schau dich doch mal hier um, die hat doch kaum Besuch.

Ich spaziere an der Schrankwand auf und ab. Nichts liegt rum in dieser verdammten Wohnung, alles ist hingestellt, zurechtgerückt, Dekoration. Sogar die Fernsehillustrierten sind auf Stoß gelegt und an den Tischrand geschoben. Alles mausetot. Wir hören Wasser plätschern. Die duscht, stellt Alfred fest. Eine gute

Idee. Er drückt sich aus dem Sessel hoch, stößt sein Glas gegen meines. Prost, Manfred. Wenn die Kleo aus der Dusche kommt, bringen wir einen gepflegten ägyptischen Dreier. Das läuft bei der, sowas spür ich.

Kleopatra erscheint in einem braven, knielangen Nachthemd aus weißem Batist. Sie ist noch naß, dampft und duftet nach einer von den Duschseifen, die laut Reklame nach Atlantik und Zitronen riechen. Der feine Stoff klebt auf ihrem runden Bauch und auf ihren großen, reif hängenden Brüsten, zieht zwischen ihre Schenkel und pappt sich fest. Ihr tropfnasses Haar hat sie straff über die Ohren nach hinten gekämmt wie eine Sportschwimmerin. Es kommt mir vor, als habe sie sich in ihrer Dusche verwandelt. Keine Ähnlichkeit mehr mit vorhin. Sie hat das herbschöne Gesicht eines Dorfmädchens mit ein bißchen Landwirtschaft im elterlichen Haus, eine Kleopatra aus dem Kraichgau.

Ich mach euch was zu essen, sagt sie und holt Servietten aus einer Schublade. Nein! rufen wir wie aus einem Mund. Aber Kleopatra läßt sich nicht aus dem Konzept bringen. Sorgfältig legt sie Messer und Gabel auf die Servietten, stellt einen Kerzenleuchter auf den Tisch. Wie wär's mit Spaghetti?

Was soll das? Mensch hör doch auf! Alfred hält sie am Handgelenk fest, aber sie macht sich los und geht in die Küche. Wenigstens ein paar Spiegeleier. Oder Rührei mit Schinken. Hab alles im Haus, ruft sie durch den Flur. Die Kühlschranktür schlägt. Alfred schüttelt ärgerlich den Kopf und schaut auf seine Uhr. Gleich halb vier. Die hat wirklich nicht mehr alle Tassen im Schrank, rennt hier halbnackt vor uns rum und kloppt Eier in die Pfanne. Die braucht 'n Psychiater. Die hat 'n Versorgungstick.

Laß sie halt was brutzeln, beruhige ich ihn, vielleicht ist sie das von diesem Klaus Manthey her noch so gewöhnt.

Alfred folgt ihr in die Küche. Ich lege eine Platte von James Last auf: ›Biscaya‹. Als nach einer Weile niemand mehr auftaucht, gehe ich nachsehen. Kleopatra steht am Herd und stochert in einer Pfanne. Alfred hat sich hinter sie gedrängt und walkt ihre Brüste. Ihr Hinterkopf liegt auf seiner Schulter, sie hat die Augen geschlossen und atmet schwer. Die beiden lassen sich durch mich nicht stören. Kleopatra dreht mir das Gesicht zu und blickt mich abwesend an. Plötzlich windet sie sich aus Alfreds Griff und beugt sich wieder über die Pfanne. Die Eier sind soweit, sagt sie.

Wir sitzen am Glastisch und essen Rühreier mit Speck, ich über Eck im Sessel, dann Kleopatra mit Alfred auf der Couch. Abwechselnd schmiegt sie sich an Alfred und mich. Bei mir schnurrt sie, wenn ich sie streichle und in den Haaren kraule. Sie zupft mich am Bart, küßt mich auf Gesicht und Hals und flüstert: Du bist lieb. Bei Alfred schließt sie die Augen und öffnet den Mund und zittert am ganzen Körper. Wie sie wieder bei Alfred liegt, legt der seine Rühreigabel weg und greift ihr zwischen die Beine. Ihre Schenkel öffnen sich leicht. Als beide schon heftig atmen, ziehe ich mich zurück. Ich taste mich mit trockenem Mund und zuckenden Kniescheiben durch den finsteren Flur, erwische eine Türklinke und verschwinde. Ich bin nicht gebaut für den ägyptischen Dreier. Ich beneide diese Burschen, die immer und überall und unter allen Umständen können, übernächtigt und mit einem Putzeimer voll Bier im Bauch, mit Witwen und Jungfrauen, egal.

Der Vollmond beleuchtet das Schlafzimmer, das Kleopatra mit Klaus Manthey geteilt hatte. Ich brauche kein Licht. Einen Augenblick lang überlege ich, ob ich abhauen soll. Zu Fuß in die Stadt zurückgehen. Dann laß ich mich probeweise quer über das Bett auf die Tagesdecke fallen. Sie fühlt sich angenehm kühl und seidig an. Durch die Tür höre ich Kleopatras Schreien, höre Alfred schnaufen wie eine Maschine, eine Büffelmaschine. Er hatte recht. Trauern kannst du im Kopf.

In meinem Schädel schafft ein Schraubenzieher. Ich öffne die Augen und schließe sie wieder. Ein eingedelltes Paradekissen liegt neben mir. Ich habe eine Spiegelwand gesehen, ein weißblaues Schlafzimmer, einen geblümten Wäschekorb, einen schwarzen Radiowecker mit grüner Digitalanzeige und die Zeit:

8.34. Alfred fällt mir ein, Kleopatra, der gelbe Aufzug, die Rühreier, Alfreds Schnaufen und Kleopatras Schreien. Die ganze Nacht fällt mir ein, ich darf nur nicht die Augen öffnen, bevor nicht alles klar ist. Dann ist alles klar. Das Wetter ist schön. Sonne. Ich sitze auf der Bettkante. Ich muß mir Schuhe und Strümpfe ausgezogen haben.

Barfuß gehe ich zum Wohnzimmer, den Geruch einer fremden Wohnung in der Nase. Meine Schulter fällt gegen den Türrahmen. Was für ein Bild! Die beiden müssen mittendrin eingeschlafen sein. Alfred liegt zwischen Kleopatras gespreizten Beinen auf der Couch. Sie hat krumme, rotlackierte Zehennägel. Ein Fuß liegt auf der Couchlehne, einer auf der schwarzen Glastischplatte neben einer umgekippten Schale mit Salzstangen. Ihr Nachthemd ist bis unter die Achselhöhlen hochgekrempelt, und zwischen ihren Riesenbrüsten, die ihr auf den Oberarmen liegen und mitzuatmen scheinen, ruht Alfreds Kopf. Kleopatras Knie und Ellbogen sind aufgeschürft. Wieder kommt mir ein Stück der Nacht ins Gedächtnis. Alfreds Minislip spannt sich zwischen seinen Fußknöcheln, Hemd und Socken hat er anbehalten. Schwarze Wollsocken, Beerdigungssocken. Ein Bestattungsunternehmer, der nach den Begräbnisfeierlichkeiten über die Witwe hergefallen ist. Kleopatras Kopf hängt über die Sofakante. Sie schnarchen im Duett, kontrapunktisch, wenn sie einschnarcht, schnarcht er aus. Sie sägen in vollkommener Harmonie. Alfreds Wangen sind gequetscht, eine Wange hat sich über das Auge geschoben, sein Mund ist o-förmig geöffnet und sabbert auf Kleopatras Brustbein. Sein Gesicht hat etwas Arschbakkiges. So gefällt er mir, ist er mir sympathisch. Ein Kind, keine Spur mehr von Alarmanlagenvertreter. Sie liegen da wie vom Himmel gefallen, aus dem Paradies geschmissen, wegen Verstoßes gegen die Hausordnung. Ich könnte ihnen stundenlang beim Schlafen zuschauen, aber ich habe Angst, daß sie aufwachen und mich entdecken.

Ich ziehe Socken und Schuhe an. Das tut gut, man steht wieder marschbereit in der Welt. Ich trinke einen Schluck kalten Kaffee aus einer Tasse von heute nacht, rauche eine Zigarette auf dem Balkon. Die Luft über der Stadt sieht aus wie hochgeblasene Asche, und die Sonne ist eine große, blasse Apfelsine. Es ist schön, so hoch zu wohnen. Kleopatras Geranien. Ich gieße sie ein bißchen. Dann ziehe ich die Wohnungstür hinter mir zu, wie ein Ausbrecher. Meine Kopfschmerzen sind besser, aber den gelben Lift erspare ich mir.

Die Tour mit Alfred hat mich weit aus der Stadt verschlagen. Starkstromleitungen schwingen sich über Ackerland. Blaue Schilder, Autobahnzubringer. Es riecht nach Mist, nach Gräsern und Benzin. Ich könnte ewig diese Landstraße entlang marschieren, einen Fuß vor den andern setzen. Es ist Sonntag, fällt mir ein. Kaum Verkehr um diese Zeit. Wenn ich in meinem Rücken Motorgeräusch höre, halte ich, ohne mich umzudrehen, den Daumen raus. Falls einer hält, gut. Falls nicht, auch recht.

Ich schrecke zusammen, als eine Beifahrertür aufklappt. Zum Zentrum? frage ich verdattert und fahrig. Steig schon ein, du komischer Heiliger, lacht Alfred. Auf der Ablage liegt seine breite, gesprenkelte Krawatte.

Immer geradeaus, sage ich. Wie geht's Kleopatra?

Schläft noch, sagt er.

Der Schnappschuß

Der Familienvater schiebt seinen beigen Popelinhut mit den drei Belüftungslöchern am Bug aus der schweißnassen Stirn, damit sich die Krempe nicht am Kameragehäuse stößt und die Kopfbedeckung über dem Hinterkopf anlüpft, wenn er das Auge an den Sucher legen will. Er ist aufgeregt, als müsse er einer ganz bestimmten, unwiederbringlichen Hundertfünfundzwanzigstelsekunde der Gegenwart auflauern und sie mit einer Fliegenpatsche erlegen, ein Beutestück für die Botanisiertrommel der Erinnerungen. Den schußbereiten Apparat in der Linken, drapiert er die Seinen auf einem kastanienschattigen Plätzchen in Straßburgs Gerberviertel. Die beständig anschwappenden und abziehenden Wogen der Touristen können dem Ort nichts von seiner Gelassenheit, seiner mittelalterlichen, steinernen Würde nehmen. Im Gegenteil, das nervöse, Eis schleckende, photographierende, Ansichtskarten kaufende Gewimmel schafft Kontrast zu seinen Gunsten, so wie der Hofnarr, der bucklichte Faxenmacher, durch seine Häßlichkeit den Majestätsglanz seiner königlichen Brotgeber erst so recht herauspoliert.

Der Vater – mit Sicherheit kommt er aus dem nahen Deutschland – trägt eine kurze Hose, eine Freizeithose, in der Farbe seines Hutes und steht auf einem imponierenden, käsig-behaarten Beinwerk, das, von Muskeln und Adern geschwellt, an Volkswandertage, Seniorenfußballspiele und an allerhand Kraftsportlichkeiten denken läßt. Endlich hat er seine Familie so angeordnet, wie sie nach seinem Empfinden dastehen muß, um in der Zukunft an eine schöne Vergangenheit zu erinnern. Die Frau, der man ansieht, daß der Löwenanteil an Liebe seit langem hauptsächlich durch den Magen geht, lehnt mit dem großgeblumten Hinterteil gegen das Ufergeländer der Ill. Der Bub und das Mädchen, auch sie üppig mit jener Kochtopfliebe bedacht, haben zu beiden Seiten der mütterlichen Hüfte Position bezogen, der Bub angeschmiegt, die etwas ältere Schwester in trotzigem Abstand. Der Vater läßt lächeln. Guckt doch ein bißchen freundlicher aus der Wäsche, vor allem du, Sabine! Das Töchterchen, das in einem Alter sein dürfte, in dem sich Heranwachsende nur noch unter bockigem Protest und unter Androhung von Sabotageakten zu elterlichen Sonntagsausflügen mitschleppen lassen, verspottet die väterliche Anordnung mit einer häßlich übertriebenen Lächelfratze, bei der die Zahnkorrekturspange eine Hauptrolle spielt. Zum Glück hat der Vater diese Rotzlöffelei seiner Dreizehnjährigen übersehen. Er ist vollauf beschäftigt, jenen Ausschnitt an Welt ins Visier zu nehmen, der den größten Nährwert an Erinnerung verspricht.

Vordergrund: die Familiengruppe. Bildmitte quer: das schlingpflanzengrüne Flüßchen mit Schleusensteg. Hintergrund: das jenseitige Ufer, von Geranienblüten rot durchtupftes Fachwerk unter behaglichen Ziegelhauben. Bildobergrenze: ein ausflugsblauer, wolkenflockiger Streifen Himmel.

Ach-tung! Die Familie lächelt so einigermaßen, der Auslöserfinger spannt sich. Da verfinstert sich das Sucherfenster mit großen rostbraunen Karos. Die karierte Wand erweist sich als Sakkorücken eines hünenhaften amerikanischen Touristen, der, seinen Stadtplan studierend, ausgerechnet in der Schußbahn stehen geblieben ist, um eine Orientierungspause einzulegen. Eben will der Vater dem Riesenkerl aus Oklahoma oder Kentucky ärgerlich-energisch auf die Schulter tippen, da scheint dieser seine Richtung gefunden zu haben, dreht sich mit einem Ruck um und stapft los. Um ein Haar hätte dieser Präriemensch den Vater samt teurer Optik überrannt und auf das Pflaster geschmettert. Mit einem ‚Oh sorry' und einem unkomplizierten amerikanischen Schulterschlag als Wiedergutmachung entfernt sich der Unglücksmensch. Das verdatterte ‚please, please' des

Vaters, der durch die Überrumpelung aus Versehen höflich reagiert, hört er nicht mehr. Kamera nebst Zubehörtasche schaukeln am Riemen knapp über den Pflastersteinen. Das Töchterchen kann sich ein Dauergrinsen nicht verkneifen, bis der Vater durch die Zähne knurrt, was er eigentlich viel lieber gebrüllt hätte – Du, ich kleb dir jetzt eine vor allen Leuten! –, wobei die Betonung mit gefährlicher Inbrunst auf dem Zeitwort liegt.

Plötzlich wandelt sich die väterliche Wut in photographisches Jagdfieber. Der Vater blickt verhetzt zum Himmel, peilt wieder durch den Sucher, schraubt mit fahrigen Händen, stellt ein, dirigiert seine Leute mit stumm befehlenden Blicken und heftigen Gesten in die alte Aufnahmeposition zurück. Es dauert eine Weile, bis man kapiert hat, was mit ihm los ist. Das feste Bildinventar von vorhin hat beweglichen, schnappschußverdächtigen Motivzuwachs bekommen. Am Geländer neben der Familie hat sich ein Stadtstreicher niedergelassen, der in Frankreich viel schöner Clochard heißt und landestypisch ist. Der Bursche hat tatsächlich eine Baskenmütze auf dem verfilzten Haargestrüppe, hat eine lilarote Süffelnase, und zwischen seinen geflickten Hosenbeinen hütet er eine großkalibrige Rotweinpulle. Genau wie in den Liedern von der Mireille Matthieu, flötet die Mutter, richtig romantisch. Der muß aufs Bild. Jetzt heißt es kaltblütig den günstigsten Schnittpunkt aller Zufälle abzupassen, exakt im richtigen Wimpernschlag den Knopf zu drücken. Vielleicht erwischt man ihn sogar, wenn er gerade die Pulle zur Brust nimmt. Das wäre ideal, muß aber nicht unbedingt sein. Von links dümpelt ein Prachtexemplar von Schwan auf die orangeleuchtende Sucherlinie zu. Der müßte, falls er den Kurs beibehält, in ein paar Sekunden im Bildbereich sein. Ein schneller Blick himmelwärts. Hoffentlich spielt die Sonne mit, ein graugezacktes Wölkchen segelt auf sie zu. Der Schwan muß den Wettlauf mit dem Wölkchen gewinnen. Vor allem aber darf sich die Panne von vorhin nicht wiederholen. Die Familie hat Anweisung, jeden möglichen Durchquerer der Schnappschußlinie durch Zurufen aufzuhalten.

Alles läuft prima. Der Schwan hat mit dem Schwanenhals die Lichtmarke passiert, eben schwimmt er ins Bild. Der Clochard schraubt an seiner Flasche, leckt sich die Lippen. Gleich wird er trinken. Sonne noch da? Jawoll, noch da. Der Vater jubiliert innerlich, Schußlinie ist frei. Jetzt! – Er erschrickt, zuckt zusammen, verwackelt. Präzise mit dem Herunterdrücken seines Zeigefingers hat sich ein Schuß gelöst, eine kleine, blecherne Explosion ohne Nachhall. Der Clochard läßt seine Flasche auf den Schenkel sinken und blickt nach hinten, wo der Knall hergekommen ist. Der Familie fällt alle Freundlichkeit aus den Gesichtern. Die Sonne ist hinter dem gezackten Wölkchen in Deckung gegangen und hat alle Farben mit sich genommen. Mit schweren Flügelschlägen schafft sich der Schwan davon, ritzt eben noch die Wasseroberfläche, wie der Vater vom Sucher hochfährt.

Der Familienvater läßt den Arm mit der Kamera hängen. Er steht da, als habe er mit einem Knopfdruck alles ringsum erschossen. Ein verschwommenes Bild wird bleiben, nur eine Schrecksekunde wird zu erkennen sein, eine ärgerliche Erinnerung an die Fehlzündung eines Döschwo auf der Avenue Kléber. Wortlos packt der Vater seine Ausrüstung zusammen. Er ist blaß, als er das Objektiv vom Kameragehäuse reißt und in die Bereitschaftstasche stößt. Seine Familie wartet mit angespannt ausdruckslosen Gesichtern auf das Zeichen zum Abmarsch.

Bis zur Gehbehinderung umschlungen kommt ein sehr junges Liebespaar aus einem der Cafés. Mitten auf dem Platz bleiben sie stehen, küssen sich Vanille-Eis von den Schnauzen. Das Mädchen schlüpft aus der Umarmung und klappert übermütig lachend auf das Stück Geländer zu, wo eben noch die Familie aus Deutschland so glücklos posiert hatte. Auf der Stange sitzend, feixt es für den Geliebten eine zuckersüße, freche Covergirl-Parodie mit Schmoll- und Schmachtmund und Wimpernklimpern. Und der hält sich eine gar nicht vorhandene Superspiegelreflexkamera vors Auge, springt in die verrücktesten Positionen und imitiert jede Aufnahme mit einem Zungenschnalzen. Der Clochard lacht und streckt seine Flasche verkehrt in die Luft und läßt seinen Adamsapfel hüpfen, die Sonne bricht hinter ihrer Wolke hervor und wirft Glitzerkonfetti auf die Ill. Sogar der Schwan will jetzt aufs Bild.

Bonanza-Matthes
Szenen vom Mannwerden

Mary-Ann

So ab dem zwölften Lebensjahr ist er entschlossen, Seemann zu werden. So einer wie Kirk Douglas als Ned Land in dem Film ›Zwanzigtausend Meilen unter dem Meer‹. Einer, der nirgends lange bleibt, braunverbrannt und salzwindzerfressen, mit einem Silberring im linken Ohr, muskulösen tätowierten Armen und meerwasserblauen Augen. Ein Kerl, um den laufend schöne Mädchen weinen müssen, von Rio über Shanghai bis Tossa de Mar, wo er mal mit den Eltern auf Urlaub war und zum ersten Mal das Meer gesehen hat. Einer, der das Abschiednehmen nicht schwer nimmt, sondern so einer braunen Schönen lachend auf den Hintern klopft und durch den Sand einer tropischen Dorfstraße fortschlendert in Richtung Taxistand zum Hafen, schon wieder ein neues Abenteuer vor dem Bug, eine katzenfeine Kreolin, die in Pernambuco auf ihn wartet.

Zeitweise versucht er, Kirk Douglas zu sein. Leicht ist das nicht, weil der Kraichgau so weit vom Meer weg ist, eine schlechte Gegend für verwegene Fahrensleute und Abenteurer. Die Straßen sind asphaltiert und ordentlich ausgeschildert und werden samstagvormittags gefegt, die Leute gehen anständigen Berufen nach, sind Plattenleger, Sparkassenangestellte, Kaufleute, Finanz- und Arbeitsamtbeamte. Die bauten sich solide Häuser, stellten schwere Möbel hinein, die waren sowas von seßhaft, so zum Bleiben aufgelegt, daß sie alles gleich mit Dübeln festmachten, wie sein Vater. Eine Abenteurernatur wie der Matthes ist einsam in diesem Maultaschenland. Außerdem entdeckt er so gar keine Ähnlichkeit mit Kirk Douglas, wenn er manchmal vor dem dreiteiligen Schlafzimmerspiegel der Eltern posiert. Sein käsiges Gesicht mit dem dicken, ewig entzündlichen Mitesser am Nasenflügel macht ihm zu schaffen. Immer wieder drückt er ihn aus, betupft ihn mit Stepin, und jedesmal zum Wochenende blüht er gelb auf. Und mit den Mädchen ist es auch so ein Kapitel für sich.

Manchmal, wenn die Eltern von der Fläche sind, wenn er allein zuhause ist, funktioniert das Träumen. Er legt sich seine Lieblingsplatten von Freddy auf. Zur Musik von ›Mary-Ann‹ und ›Fährt ein weißes Schiff nach Hong-Kong‹ pendelt er im Seemannsgang breitbeinig und elastisch in der Wohnung umher, wie auf dem Achterdeck der Mary-Ann. Bei der Küchentür fällt ihm eine chinesische Braut in die Arme, die er im Wohnzimmer wieder verläßt. Vom Balkon aus blickt er über die Wiesen hinter dem Haus. Die weißblühenden Kirschbäume werden zu Schaumkronen, die grünsaftigen Hügel zu mächtig anrollender Pazifikdünung. Das schmiedeeiserne Geländer, auf das er sich mit beiden Händen stützt, ist die Reling, eine Regenbö Gischt von überkommenden Brechern. Die Mary-Ann arbeitet in schwerer See um Kap Horn im Kraichgau.

Der Matthes ist ein Träumer, stellt der Klassenlehrer bei Elternabenden immer wieder fest, und der Vater schämt sich. Das Abschlußzeugnis der Volksschule ist durchwachsen. Eine Schande, sagt der Vater. Sogar im Aufsatz hat der Junge nur eine schwache Drei. Gnadenhalber, meint der Lehrer, verdient habe er die nicht. An den Korrekturrändern seiner Besinnungsaufsätze hat es stets von tintenroten Bemerkungen gewimmelt. ‚Ist ja interessant', ‚Woher weißt du das?' stand da zu lesen, oder ‚Das mußt du mir mal vormachen', und oft stand einfach nur da ‚Soso. Aha.' Und einmal lief ein wütender Lehrerschriftzug quer über das beschriebene Blatt: ‚Grimms Märchen! Thema verfehlt! 6!'.

Sonntagmittagessen

Die Klassenkameraden haben ihre Lehrstellen längst, sind untergekommen, wie es heißt, und der Matthes hockt noch immer bockig am Küchentisch, zwischen einer Mutter mit Tränensäkken unter den Augen, vom Streitschlichten entnervt, und einem Vater mit Angina Pectoris, für den jede Aufregung nach einem überstandenen Herzinfarkt der Tod sein kann.

Matthes hustet sich die Stimme frei. Endlich kommt dieser Satz heraus, den er innerlich lange vorbereitet hat. Er platzt wie eine Bombe ins sonntägliche Mittagessen: Du, Vater, ich will Seemann werden. Der Vater versteht nicht recht, aber eigentlich muß er doch verstanden haben, denn er schluckt mit einem Ruck seinen Mundvoll Essen runter. Waaas? brüllt er. Sag mal, spinnst du eigentlich? Sein Besteck fällt auf den Tisch. Seemann – sag das nochmal. Ich lach mich tot. Hast du davon gewußt, Mutter? Die Mutter schüttelt den Kopf. Sie streichelt ihm den Unterarm und führt ihn zum Kanapee. Er läßt sich widerstandslos hinbetten, ein Kissen unter den Kopf schieben. Da liegt er mit geschlossenen Augen, japst nach Luft und knetet die Herzgegend. Die Mutter schaltet das Radio aus, stellt so geräuschlos wie möglich die Teller zusammen, den Blick vorwurfsvoll auf Matthes gerichtet. Der läßt den Kopf hängen und blickt auf seinen Schoß, kneift sich in die Schenkel. Er will nicht unterkommen. U n t e r - k o m m e n . Er will nicht so werden wie sein Vater, wie die Onkel und Cousins, wie die andern, ums Verrecken nicht. Was soll ich denn machen? jammert er. Vater, ich will dich doch nicht . . . Der Vater springt plötzlich wieder hoch. Er greift sich vom Buffet die Zeitung und wirft sie vor Matthes auf den Tisch. Hier! Alles Stellenanzeigen. Bitte, Herr Seemann! Er schleudert ein Bündel Informationsbroschüren vom Arbeitsamt über holz- und metallverarbeitende Berufe in die Zimmerecke. Nichts dabei für den Herrn Sohn! schreit er. Seine Lippen werden weiß. Er reißt das Fenster auf, lehnt sich über die Blumenkästen ins Freie. Die Mutter sitzt am Küchentisch und heult in ihre Schürze. Matthes irrt verzweifelt zwischen Wohnzimmer und Küche hin und her, die Daumen in die Fäuste geklemmt.

Wieder ist Sonntag, wieder Mittagessen. Eine Woche ist vergangen. Der Vater hat keinen Ton mit Matthes geredet, die Mutter nur das Notwendigste. Morgen wird Matthes bei der Bauschlosserei Hoetzel anfangen. Ein Onkel, der dort die Buchhaltung macht, hat ihm die Stelle besorgt. Schlosser. Handwerk hat goldenen Boden. Arbeitsklamotten sind gerichtet, auf der Anrichte steht eine nagelneue Thermosflasche.

Es gibt Rouladen. Der angehende Bauschlosser starrt auf seinen Teller und streicht mit der Gabel einen Soßenkanal durch den Kartoffelbrei. Die Mutter sitzt tiefgefroren da, während der Vater versucht, den Faden von seiner Roulade zu schneiden, immer hektischer säbelt und sich prompt das weiße Hemd mit Soße bespritzt. Er wird purpurrot im Gesicht. Ob es denn wirklich kein Patent gäbe, außer diesem Schnürchengewurstel, um Rindsrouladen zusammenzuhalten, brüllt er los, Klammern, Haken, irgendwas Moderneres als diesen Großmutterkram. Schließlich sei der Mensch inzwischen auf dem Mond gelandet, und da binde man Rouladen noch mit Schnur zusammen, herrgottnochmal. Die Mutter rennt mit einem nassen Lappen und rubbelt, während der Vater die Arme von sich streckt. Sie schnippelt ihm die Rouladen mundgerecht. Zum Glück sind seine Lippen nicht weiß geworden. Er hat sich beruhigt. Jetzt ist Zeit für einen seiner Vorträge, zu denen er nach den sonntäglichen Mahlzeiten gerne ausholte, um seine Standpunkte theoretisch zu untermauern oder anstehende Fragen endgültig in seinem Sinne zu klären.

Der Umgang mit einem so widerborstigen Material wie Eisen sei gut für die Entwicklung eines jungen Menschen, für das seelische Reifwerden. Solche Tätigkeit sei direkt persönlichkeitsbildend. So einer komme später mit dem Leben besser zurecht. Er putzt sich die Nase. Dann fährt er fort. Wie der spröde Eisenrohling erst durch Hitze formbar gemacht werden müsse, um zu einem nützlichen Gegenstand zu werden, so müsse auch der junge Mensch zuerst eine Zeit des Gehorsams durchleben, um ein brauchbarer Erwachsener zu werden, einer, der selbst befehlen kann.

Er macht eine Kunstpause. Matthes' Kartoffelbreikanal füllt sich mit der fettäugigen Soße. Wenn der Vater nicht herzkrank gewesen wäre, hätte er jetzt seine Gabel auf den Tisch geknallt und geschrien, daß er einen Dreck am Befehlen interessiert sei und überhaupt etwas ganz anderes vom Leben erwarte. Aber er hält den Mund und verbreitert seinen Kanal. Der Vater spitzt mit einem Taschenmesserchen, das er stets im ledernen Etui bei sich trägt, ein Streichholz zurecht und stochert hinter vorgehaltener Hand in seinem Gebiß mit den vielen Goldzähnen. Die geförderten Fleischfasern und Salatschnipsel betrachtet er eingehend, bevor er sie auf dem Tellerrand loszuwerden versucht.

Die Reifung eines Menschen sei im Grunde ein Schmiedevorgang, bemerkt er abschließend und kommt noch kurz auf seine eigene schwere Jugend zu sprechen. Dann steht er auf, um sich hinzulegen. Die Mutter räumt den Tisch ab.

Eisengeruch

Es ist ein Freitagnachmittag, so zehn Minuten vor Feierabend. Matthes bringt eine Ecke der Werkstatt in Ordnung, fegt Eisenspäne zusammen, wischt Ölflecken. Wie er mit seinem öligen Putzlappen am Verschluß der Stahlflaschen für das Autogenschweißgerät herumwienert, als seien es die Messingbeschläge der Mary-Ann, da kriegt er einen mordsmäßigen Schlag gegen den Schädel. Für eine Sekunde steht er im Dunkeln. Er sieht Feuersternchen sprühen, einen Vulkan ausbrechen. Am Karren mit den Sauerstoffflaschen hält er sich fest, bis es wieder hell wird und sich Pawlowskis Gesicht vor ihm abzeichnet. Pawlowski, der Meister, von den älteren Kollegen einfach Paul genannt, brüllt etwas von ‚wahnsinnig geworden', von Flaschen, die unter Druck stünden, von Öl und Verbrennungstemperatur. Das mit der Ohrfeige täte ihm leid. Ihm sei die Hand ausgerutscht. Eine Minute vor Feierabend taucht Pawlowski wieder auf. Er druckst zwischen den Spinden herum und kommt dann mit einem Ruck auf Matthes zu. Der Brustlatz seines Overalls ist von zwei schon geöffneten Bierflaschen ausgebeult. Seine hornige Pratze fällt dem Jungen ins Genick und schüttelt, daß dem die Beatlesfransen um die Ohren schlagen. Hier, spendier ich dir. Matthes nimmt die hingestreckte Bierflasche. Glas stößt gegen Glas. Sie ziehen einen langen, glucksenden Schluck. Kannst Paul zu mir sagen, brummt Pawlowski und wischt sich mit dem Hemdärmel über den Mund.

Von da an glaubt Matthes, daß Eisen einen Geruch hat, ein kompliziertes Gemisch aus allerhand Zutaten. Die ausgebohrten glitzernden Eisenspäne, weißglühende Schweißstellen, Schmieröl, die rostigen Stangen im Hof, durchgeschwitzte Flanellhemden waren der Trägerstoff. Dazu kamen Bier, Zigarettenrauch, Druckerschwärze von Bild-Zeitungen, Muskat und Knoblauch aus den Dosen mit Hausmacherwurst in den Arbeitspausen, die körnige Handwaschpaste im Waschraum, der Auspuffgestank vom Montagebus, sogar die rußige Sommersonne hinter den Werkstattscheiben, das Gefrotzel und Sauigeln der Kollegen, wenn es auf Feierabend zuging, der Geschmack von Pawlowskis Maulschelle.

Der Spätzünder

Mit den Mädchen ist Matthes ein Spätzünder. Eigentlich zündet es oft bei ihm, aber es kommt nicht zur Explosion, sondern nur zu einsamen Entladungen, einem fast schmerzhaften Verpuffen. Sobald ihm ein Mädchen einladende, interessierte Blicke zuwirft, pumpt sein Herz alles Blut in den Kopf, wird ihm flau. Bei den sommernächtlichen Baggerseefesten mit seiner Clique hockt er mit einem mulmigen Magengefühl am Lagerfeuer, wenn die anderen, die Früh- und Normalzünder, längst mit irgendwelchen Mädchen in der Kiefernschonung verschwunden sind. Da horcht er, wie die Freunde, der Zorro, der Rick und der Humbser, fremdartig stöhnen, wie die Mädchen jammern, als hätten sie Schmerzen auszustehen, und doch irgendwie ganz anders. Manchmal schwingt er sich auf sein Fahrrad und radelt fluchtartig davon.

Irgendwo muß er mit diesem Mannwerden anfangen. Erstmal besorgt er sich ein Päckchen Kondome, Pariser. Im Klo vom Gasthaus Herzog, ihrer Stammkneipe, hing ein Automat mit sechs verschiedenen Sorten. Es gab die Dinger in allen möglichen Farben und Formen, knallrote mit Noppen und Hahnenkämmen, schwarze mit Stachelköpfen, die ihn an die Wikingerkeulen in den Prinz-Eisenherz-Büchern erinnern, die er mit zehn, zwölf Jahren verschlungen hat. Auf einem Päckchen steht ‚Extrafeucht', auf anderen liest er ‚Gefühlsecht' oder sogar ‚Gefühlsintensiv' und ‚Mit Verzögerungseffekt'. Er kratzt sich am Kopf und geht pinkeln. Technisch ganz schön kompliziert, die Liebe, denkt er sich. Wie er wieder vor dem Automaten steht, unentschlossen, bereit, arglos weiterzugehen, falls jemand durch die Flügeltür käme, wird ihm wieder so komisch flau im Magen, als sei der Erwerb eines solchen Päckchens bereits die herbeigesehnte Tat. Die farbigen Bildchen von hinschmelzenden Frauen an Männerbrüsten erregen ihn. Hastig wirft er das Geldstück, das er in der schwitzenden Faust bereitgehalten hat, in den Schlitz und zieht das Fach mit der Standardausführung, die nur elektronisch geprüft, sonst aber ohne Extras war. Die reichten für den Anfang. Beim ersten Mal konnte man schließlich nicht wissen, ob es bei einem funktionierte. Und wenn nicht, dann war die Blamage umso größer, je aufwendiger die Ausrüstung war.

Mit einem irgendwie veränderten Lebensgefühl schlendert er zu den Kumpels in den Schankraum zurück. Die hatten immer so ein Päckchen bei sich. Für alle Fälle, wie sie sagten. Ihre Päckchen waren immer angebrochen. Pepi, der Wirt, bringt ihnen eine Lage Bier, nicht ohne zu betonen, daß er das eigentlich, streng gesetzlich gar nicht dürfe. Rick hat als einziger ein Moped, eine rote Cavallo mit Büffeltank, und eine Freundin, mit der er schon seit zwei Monaten geht. Sie heißt Doris und ist im zweiten Lehrjahr Frisöse. Mit ihr knutscht er den anderen etwas vor. Und wenn sie nicht dabei ist, erzählt er haarklein, wie sie es zusammen treiben und daß diese Doris scharf wie ein Rettich ist.

Als nächstes legt sich Matthes Rasierzeug zu, einen Pinsel mit Horngriff und Naturborsten, ein Rasiermesser, auf drei Bartstärken verstellbar, dazu Klingen und einen Blutstillstift. Klar, daß er sich naß rasieren wird, wie er das beim Vater sieht, oder bei John Wayne, der sich in jedem Film mindestens einmal rasiert. Ein Spiegelscherben hängt in Gesichtshöhe an einer Zeltstange, und der Duke hat meistens das geknöpfte Unterhemd an und die Hosenträger runterhängen. Nie kann er sich fertigrasieren, immer kommen ihm Indianerüberfälle, Schlägereien zwischen den Cowboys oder hysterische Ladies dazwischen, die er auf dem gefahrvollen Treck nach Westen sowieso nur widerwillig und notgedrungen mitgenommen hat. Seine Augenschlitze konzentrieren sich auf die Gefahr, während er sich ruhig den Schaum von der Kinnlade tupft. Dann schmeißt er den Lappen in den Präriestaub, um steifbeinig, aber geschmeidig aus der Hüfte, zum Ort des Geschehens zu stapfen, wo er mit trockenen Schwingern die Angelegenheit regelt.

Matthes rasiert sich wie sein Vater und John Wayne. Einseifen, das Kinn vordrücken, zwischen Daumen und Zeigefinger die Nase hochziehen, um über der Oberlippe zu schaben, die Wangen mit der Zunge ausdellen, bei dieser fast rituellen Handlung fühlt er sich noch am ehesten als Mann. Sonntagmorgens erscheint er beim Frühstück mit Seifenresten im Gesicht und blutigen Schnitten am Hals und flucht über die Scheißrasiererei, zu der man als Mann ein Leben lang verdammt sei. Irgendwann, den Übergang hat er gar nicht mitbekommen, muß ihm dann tatsächlich ein Bart gewachsen sein. Aber das Päckchen mit den Parisern hat er noch immer nicht anbrechen müssen.

Es ist ein heißer Freitag im Juli. Gleich nach Feierabend, um zwei Uhr, ist er baden gewesen. Jetzt liegt er in der Turnhose auf dem Bett und schaut den Fliegen zu, die sich unter der Lampe Luftkämpfe liefern. Seine Haut riecht nach Sonne und Tiroler Nußöl und schmerzt von einem leichten Sonnenbrand. Noch ist das Haus gegen die Hitze verbarrikadiert, durch die Rolladenschlitze wirft das Licht grelle Balken an die Wand und über seinen Körper. Er fischt einen Pariser aus der Schachtel. Vorsichtshalber verschließt er die Tür, ganz leise und behutsam, sein Oberkörper dreht sich mit dem Schlüssel mit. Die Mutter kommt selten hoch in sein Zimmer, aber wenn, dann klopft sie nie an. Er zieht und zerrt an dem Gummiding, bis es einigermaßen sitzt. Im Ernstfall, fürchtet er, wird er das nie schaffen. Er zaubert sich das Fräulein Wismuth in den Sinn, eine hübsche Referendarin, die in seiner Berufsschulklasse Deutsch und Kulturlehre unterrichtet und die seine Phantasie seit langem enorm beschäftigt. In Sekundenschnelle kann er sie vor seinem geistigen Auge erscheinen lassen. Sie sitzt auf dem Pult und hat nur ihre roten, hochhackigen Pumps an, sonst nichts. Sie winkt ihn aus der letzten Bankreihe mit dem Finger zu sich her, komm Matthes, komm mal schön her zu mir. Matthes kommt nicht bis zum Pult, es geht alles zu schnell. Unterwegs überkommt ihn dieses vernichtende Wohlgefühl. Danach liegt er da wie eine leere Hülse, zur Wand gedreht, und starrt auf einen Punkt auf der Tapete. Er kommt sich blöde und erbärmlich vor, am liebsten würde er jetzt einschlafen und alles vergessen. Aber da ist der idiotische Pariser. Beim Zurückrollen verwickeln sich ein paar Härchen und reißen aus. Er unterdrückt das Schreien, aber der Schmerz läßt ihm Tränen in die Augen steigen. Er steht mitten im Zimmer und überlegt, wie er das lästige Ding loswerden könnte. Es muß spurlos verschwinden. In den Papierkorb? Besser nicht. Er zieht den Laden so weit hoch, daß er mit einer Schulter und mit dem Kopf schräg durchkommt. Hinter dem Haus stottert und patscht der Rasenmäher, dort muß auch sein Vater sein. Matthes schleudert die beschwerte Gummihaut in den Nachbarsgarten, wo sie dummerweise gut sichtbar in der Thujahecke hängenbleibt, die zwischen den beiden Grundstücken verläuft. Zum Glück hängt sie auf der nachbarlichen Seite. Einen Moment überlegt er, ob er rüberschleichen und das fatale Ding weghängen soll. Dann streckt er sich wohlig matt auf der kühlen Steppdecke aus. Die drüben hatten einen gleichaltrigen Sohn, den Ingo, der in der Stadt aufs Gymnasium ging und bald Abitur machte. Matthes kann den aufgeblasenen Kerl, der ihn kaum grüßt, nicht leiden. Der Ingo hatte eine Freundin, die manchmal schon über Nacht dableiben durfte. Da fiel der Verdacht nicht auf ihn.

Er gähnt. Die Lehre bei Hoetzel wird er den Eltern zuliebe fertig machen. Aber dann halten ihn keine zehn Gäule mehr hier im Maultaschen-Country. Er knipst die Birne im Globus an, um zu sehen, wo er überall hinfahren könnte, wenn er die Lehre hinter sich hat. Brasilien wäre nicht schlecht. Dort gäbe es die schönsten Frauen der Welt, hat er in einer Illustrierten mal gelesen. Oder El Paso. Juanita besuchen.

Unten wirft der Vater den Rasenmäher an. Gleich wird Mutter ins Zimmer platzen, ihm Vorwürfe machen, weil er sich um nichts kümmert, den herzkranken Vater die schwere Arbeit machen läßt. Der kleine Zweitakter macht vorwurfsvoll Radau. Matthes zündet sich eine Zigarette an. Neuerdings erlauben ihm die Eltern, in seinem Zimmer zu rauchen. Wenn wir's ihm verbieten, hatte die Mutter den Vater überzeugt, macht er's heimlich. Wenn Matthes raucht, das Streichholz durch den Mundwinkel auspustet, die Asche abklopft, dann hat er ein ähnliches Gefühl wie beim Rasieren. Er läßt Rauch durch die Nase puffen und blickt zur Decke. In El Paso auf einer Holzveranda schaukelt er mit Juanita in einer Hängematte, trinkt Dosenbier aus einem verbeulten Cola-Reklame-Kühlschrank. Über ihnen summen die Rotorblätter des Ventilators, Juanitas Finger kraulen und zupfen seine Brustbehaarung. Der Vater mäht direkt unterhalb des Fensters, der Lärm schmerzt in den Ohren. Plötzlich spuckt der Motor, quält sich noch ein paar Umdrehungen und verstummt. Matthes hört den Vater fluchen und gewaltsam hantieren. Er schaltet die Globusbeleuchtung aus und springt auf. Heh, Vater, laß doch, ich mach das schon! Bin gleich unten, ruft er aus dem Fenster.

Lyra Brutal

Es ist Ende Juli und so schwül, daß man sich vor Trägheit kaum gegen die Mücken wehrt, nur ein bißchen schnaubt, wenn einem eine Fliege ins Nasenloch krabbelt. Drei Tage lang, von Freitag bis Sonntag, feiert der Musikverein Lyra sein traditionelles Sommerfest auf der Festwiese beim Sportplatz. Im großen Bierzelt ist in einer Ecke hinter Schilfmatten eine Bar eingerichtet. ›Mackie Messer Bar‹ steht über dem Eingang. Der Verschlag ist mit Fischernetzen, gezackten Muscheln und Hawaii-Mädchen in Lendenschürzen aus Stanniolflitter dekoriert. Farbige Glühbirnen tauchen alles in ein giftiges Schummerlicht.

Er steht mit den Freunden am zusammengenagelten Lattentresen. Humbser, der bei der Lyra Zugposaune bläst, feiert seinen achtzehnten Geburtstag. Er spendiert eine Runde ›Lyra Brutal‹, einen extra zum Fest komponierten Cocktail, der magisch blau in den Stielgläsern perlt. Das Zeug schmeckt bittersüß und heimtückisch.

Tanzpause. Schwitzendes, lärmendes Volk drängt sich in den Verschlag. Matthes zuckt zusammen und blickt schnell weg, dann wieder hin: Das Mädchen ist dabei. Wie ihre männlichen Musikerkollegen trägt sie einen grünen Vereinsblazer. Ein wabbeliger Kerl mit einem Kindergesicht, ein Riesenbaby, hat den Arm um sie gelegt. Im Vorbeigehen streift sie Matthes mit einem Blick aus ihren schwarzen Augen. Sie spielt Piccoloflöte bei einer der Gastkapellen, die mit Bussen aus der Umgegend gekommen sind. Mit den Männern drängt sie in eine rotglühende Schilfrohrnische, ein Rehkitz zwischen Bären. Der Wabbelige erdrückt sie fast, will ihr in ungeschickter, besoffener Gier einen Kuß auf den Mund drücken, aber die Kleine weicht ihm geschmeidig aus, windet sich mit eingezogenem Kopf aus der tapsigen Umarmung. Matthes schreit innerlich Beifall. Jedesmal, wenn er hinschaut, treffen sich ihre Blicke. Scheinbar uninteressiert, dreht er ihr den Rücken zu, stützt die Ellbogen auf die Bartheke. Er versucht, sie ganz unverfänglich ins Gesichtsfeld zu bekommen. Dann schaut er doch wieder direkt hin und landet prompt in ihren Augen. Er mischt sich in die Unterhaltung der Freunde, ohne bei der Sache zu sein. Sie reden über das Frisieren von Mopeds und Höchstgeschwindigkeiten. Matthes bemüht sich, einen gelassenen, souveränen Eindruck zu machen. Er zündet sich großspurig und mit zittrigen Fingern eine Zigarette an. Nach einem tief inhalierten Zug will er sie vom Mund nehmen, da bleibt ihm das Papier an den vom Cocktail pappigen Lippen kleben. Zwischen den Fingern streift er die Glut ab, Funken stieben. Er hat sich sackrisch verbrannt. Sie hat es gesehen. Er verzieht keine Miene.

Die Freunde haben seinen Blickverkehr mit dem Mädchen mitbekommen, boxen ihm in die Rippen und schubsen an ihm herum. Die ist scharf auf dich, Matthes, sagt Rick. Klar, nickt Zorro nach einem Blick in ihre Richtung, die wartet drauf, daß du sie zum Tanzen holst. Zorro kannte sich aus, er war im ganzen Dorf als Herzensbrecher berüchtigt und hatte mindestens die fünfte Liebe mit allem drum und dran hinter sich. In Matthes' Kopf geht alles durcheinander. Draußen im Zelt stimmt die Kapelle ihre Instrumente, Trompeten schmettern Probestöße, ein Saxophon dudelt und schreit auf, der Schlagzeuger rumpelt und läßt die Becken zischen. Matthes kippt den Rest seines Cocktails. Das Gesöff macht mutig. Mikrophonprobe. Eins, zwei, drei. Und jetzt, liebes Festpublikum, wird wieder das Tanzbein geschwungen! hallt es aus den Lautsprechern. Es spielt für Sie die Tanz- und Showband der Harmonie Wallbrunn. Applaus! Matthes boxt und drückt sich durch die in Bewegung geratene Masse zur Schilfnische durch. Dann steht er am Tisch. Tanzen Sie? kommt es viel zu laut aus ihm heraus. Er brüllt fast, weil er sich so lange auf die zwei Wörter konzentriert hat. Und die Kleine steht wirklich auf, als habe sie auf ihn gewartet. Sie pflückt die Hand des Wabbeligen von ihrer Schulter und folgt Matthes ins Gedränge. Mit den Ellbogen bahnt er den Weg, vorbei an der Bon-Kasse, an der Hähnchenbraterei, durch Bratwurstrauch und Bierdunst. Immer wieder schaut er sich um, ob sie noch hinter ihm ist. Die Band spielt den Schneewalzer. Auf dem hölzernen Tanzboden wird schon gewalzt, gedreht, gestampft, daß die Dielen dröhnen. Sie drängeln sich zwischen die rempelnden Körper.

Matthes konzentriert sich auf die Beinarbeit. Dieser Cocktail, dieses blaue Dreckszeug. Er starrt dem Mädchen, an den braunen Seidenhaaren vorbei, über die Schulter in schnell wechselnde, erhitzte Lachgesichter, in Blusenausschnitte und Genicke. Geruchsfetzen von Parfüm und Schweiß, von Achselspray und getrunkenem Wein wehen ihm in die Nase. Alles dreht sich in seinem Kopf. Er muß durchhalten. Er spürt, wie ein Schweißtropfen an seiner Nasenspitze zittert, schüttelt leicht den Kopf, der Tropfen fällt nicht ab. Sein Hemd ist klitschnaß. Es ist ihm peinlich. Sein Schwitzen muß für das Mädchen ekelhaft sein, denkt er, aber sie scheint sich überhaupt nicht daran zu stören. Ihre Arme umschlingen ihn fest, er spürt wunderbar ihre Hände auf seinem Rücken, fühlt durch die dünne Bluse ihre feinen Rippen unter seinen Handflächen, ihre Taille, den Schwung ihrer Hüfte. Er zieht sie sanft an sich, probeweise. Sie schmilzt ihm an den Bauch, an den ganzen Körper. Bei einer Drehung gerät ihr Schenkel zwischen die seinen. So ist ihm noch nie im Leben zumute gewesen. Eine Trillerpfeife ertönt. Und jetzt, ruft der Dirigent ins Mikrophon, feurige Rhythmen aus den Tropen! Südamerika! Samba! Ein wildes Durcheinander von Rhythmusinstrumenten lärmt los, klopft, schrappt, rasselt. Matthes kommt aus dem Schritt. Wie tanzt man auf sowas? Er hüpft, irgendwie, dem Takt voraus oder hinterher. Sein Knie rammt den Schenkel des Mädchens. Oh Verzeihung, sagt er und schaut ihr zum ersten Mal so richtig und von ganz nah ins Gesicht. Sie lächelt, bläst sich eine Haarsträhne aus den Augen. Sie ist schön wie Juanita in seinen Tagträumen. Nur blasser. Und neben ihrer

Stupsnase, genau an der gleichen Stelle wie bei ihm, ein Pickel, ein mit Stepin betupfter gelbblühender Pickel. So ein Zufall! Die Kapelle spielt wieder Walzer. Rechts und links und seitwärts Schluß. Er müßte jetzt etwas sagen, aber es fällt ihm nichts ein.

Schwitze Sie a so?

Sie zuckt mit den Schultern, löst sich von ihm und hält ihm mit angestrengtem Gesicht ihr Ohr hin. Er wiederholt seine Frage, schreit ein bißchen lauter und deutlicher.

Ob Sie auch so schwitzen?

Wieder hat sie nicht kapiert. Matthes winkt ab. Sie tanzen weiter. Töne purzeln, die Pausenmelodie kommt wie eine Erlösung. Matthes will sein Mädchen zum Schilfverschlag zurückbegleiten, eine Menschenwoge schwappt zwischen sie, treibt sie auseinander. Hinter wegschiebenden Schultern lächelt sie ihm noch einmal zu, dann ist sie verschwunden. Jetzt kann er ein Bier vertragen.

Als er zu seiner Freundesclique an den Biertisch neben der Bühne zurückgeht, hat er das Gefühl, kaum den Boden zu berühren. Seine Brust ist wie von Druckluft geschwellt. Er könnte Bäume ausreißen.

Unterm Apfelbaum

Matthes schnippt einer Bedienung, die mit leerem Tablett durch die Reihen geht. 'n Bier, Zorro? Du auch, Rick? Du kriegst sowieso eins, Humbser, zum Geburtstag. Und du, Bärbel? Schorleweißsauer? Du auch, Brigitte? Alles klar. – Vier Bier, zwei Schorleweißsauer. Das geht auf mich. Die ganze Mannschaft grölt. Hast du im Lotto gewonnen, Matthes? ruft Rick. Alle sind ziemlich beduselt und albern. Sie bauen riskante Türme aus Bierkrügen, schunkeln, bewerfen sich mit Bierfilzen. Matthes macht halbherzig mit. Er hat sich ein Bein unters Hinterteil gezogen, um höher zu sitzen, reckt den Hals und späht durchs Zelt. Dann entdeckt er seine Piccoloflötistin nur ein paar Tische entfernt, zart und schmächtig, eingeklemmt zwischen ihren Vereinskollegen. Wieder trifft ihn ihr Blick. Sie hat darauf gewartet, von ihm entdeckt zu werden. Matthes schaut schnell wieder weg, vermeidet ihre Blickrichtung, als habe er eine Blockierung im Halswirbel, einen toten Winkel. Trotzdem bekommt er irgendwie alles mit. Der Wabbelige schmachtet sie an, kann seine Pratzen nicht bei sich behalten. Sie wehrt ihn genervt ab, verteidigt sich heftiger und weniger geschmeidig als vorhin. Plötzlich steht sie auf. Matthes' Muskeln straffen sich in Alarmbereitschaft. Sie klemmt ihr Handtäschchen unter den Arm und geht so resolut dem Zeltausgang zu, daß bei jedem Schritt ihr Seidenhaar auffliegt und glänzt. Das Riesenbaby verfolgt sie mit einem glasigen, begriffsstutzigen Blick.

Beim Aufspringen wirft Matthes beinahe die Bank um. Alles greift um die Tischkante, Bier verläppert, Krüge poltern. Idiot! Zorro schüttelt mitleidig den Kopf. Den hat's erwischt, stellt er fest. Matthes läuft über das schmutzige, festgetretene Gras ins Freie. Draußen stolpert er über Stromkabel und Zeltpflöcke, der Himmel hat sich bewölkt, die Nacht ist schwarz wie Tinte. Stumme Blitze zucken quer über den Himmel über der Rheinebene im Westen. Wetterleuchten. Sekundenlang ist alles in grellweißes Licht getaucht, das Zelt, die aufgestapelten Festzeltbänke, Aluminiumfässer, das Bereitschaftsauto vom Roten Kreuz. Wind ist aufgekommen und schlägt in die Zeltplanen, rüttelt in den Kronen der Pappeln und pustet ihm immer wieder das Streichholz aus. Ärgerlich will er die Zigarette wieder in die Packung stecken – da sieht er sie. Sie sitzt auf einer Bank am Rande des Platzes.

Als er in ihre Richtung geht, steht sie auf und kommt ihm entgegen. Es ist, als habe sie auf ihn gewartet. Er braucht seine zurechtgelegten Sätze nicht, sie wären ihm jetzt auch nicht eingefallen. Es läuft alles ab wie nach einer geheimnisvollen Übereinkunft zwischen ihnen. Sie pressen ihre Körper aneinander, die Hände des Mädchens zupfen sein Hemd aus dem Gürtel, krabbeln ihm auf die Haut und krallen sich fest. Ihre Zunge füllt seinen Mund. Er zuckt zurück, dann kann er nicht genug davon bekommen. Eng umschlungen, in wortloser Hast, steigen sie eine Böschung hoch, wie in einem ganz verrückten Traum. Unter einem Apfelbaum fallen sie ins Gras, versinken zwischen Löwenzahn und Schafgarbe, im Duft von Wiesenblumen und frischer Maulwurfserde. Mit fliegenden Händen machen sie sich nackt, helfen sich, wo es nicht schnell genug geht, als würden ihnen die Kleider an manchen Stellen die Haut verbrennen. Aus dem Zelt dringt dumpfe Blasmusik zu ihnen herüber. Matthes hört sich stöhnen. Hinter ihnen rasseln die Ähren eines Weizenfeldes im Wind. Ihm ist, als käme er eben erst richtig auf die Welt.

Immer wieder torkeln Männer vom Zeltausgang in Richtung ihres Verstecks, um erst im letzten Augenblick stehen zu bleiben und am Fuße der Böschung ihr Bierwasser abzuschlagen. Bei den ersten Männern erschrecken sie noch, ducken sich reglos in die Halme und halten den Atem an. Dann finden sie die Sache zum Totlachen komisch, weil die Männer doofes, besoffenes Zeug reden und nach dem Pinkeln drollige Verrenkungen machen. Im Liegen können sie mit angehobenen Köpfen über ihre Fußspitzen hinweg den Platz überblicken. Es ist kuschelig auf ihrer Grasterrasse, wo sie immer nur beinahe entdeckt werden. Zwei reichlich beschwipste ältere Herren foppen sich gegenseitig, indem sie sich am Hintern schubsen. Einer verpinkelt sich das Hosenbein und schimpft. Manche haben Schwierigkeiten mit der Windrichtung, drehen sich fluchend, taumeln zurück und betrachten sich den Schaden. Einmal muß die Kleine so lachen, daß ihr Matthes mit der Handfläche verzweifelt den Mund zuhält. Wenn in der Lichtschneise des Zelteingangs niemand zu sehen ist, schauen sie sich tief in die Augen und fressen sich mit Haut und Haaren.

Und dann kommen wieder drei vom Zelt her auf ihren Apfelbaum zu. Sie nesteln nicht, wie die anderen, im Gehen schon an ihren Hosenschlitzen, sondern marschieren wie eine Formation über die Wiese. Über dem Rand der Böschung tauchen ihre

Köpfe auf, mit energischen Schritten wachsen die Körper hoch. Dann sind sie oben, der Wabbelige mit aufgekrempelten Hemdärmeln in der Mitte, seinen Begleitern zwei Schritt voraus. Einer trägt seinen Vereinsblazer über dem Arm. Die Kleine zieht die Bluse über die Brüste, zerrt an ihrem Rock. Matthes springt hoch. Er blickt in das Gesicht des Wabbeligen, ein wutverzerrtes Riesenbabygesicht. Er will einen Schritt zurück, vergißt seine Unterhose um die Fußknöchel, stolpert. Eine Faust kracht ihm auf die Nase. Er wird blind, schmeckt Blut im Mund. Die verfluchte Unterhose. Mit kleinen, gefesselten Schritten flieht er zum Baumstamm, will sich festhalten. Ein Hammer schlägt ihm ins Genick. Was ist denn los? Hört doch auf! schreit er, hört doch auf! Die schrundige Rinde schürft ihm die Innenseite der Arme.

Bonanza-Matthes

Tropfen schlagen auf seine Haut. Er will weiterschlafen, hört Blasmusik aus der Ferne, eine Tuba, Geschrei und Gejohle. Leute singen. Er dreht sich zur Seite. Mit dem Arm will er sich zudecken. Er tastet nach seiner Hüfte, nach seinen Schenkeln, er friert. Er hört, wie ein Busmotor anläuft, hört dem tuckernden Geräusch zu, bis es sich entfernt. Hinter seinen Augenlidern wird es gleißend hell. Fast gleichzeitig ein Donnerschlag. Matthes fährt hoch, stützt sich auf die Ellbogen. Es bohrt und hämmert in seinem Schädel, die Arme brennen auf den Innenseiten wie verbrüht, jede Bewegung im Gesicht tut weh und spannt. Probehalber versucht er, zu pfeifen, aber er stößt nur Luft aus. Die Lippen passen nicht aufeinander, der Mund ist verschoben wie nach einer Zahnarztspritze. Vom Bauch bis zu den Fußknöcheln ist er nackt und kalt, irgendwo hängt seine Unterhose an den Beinen. Jetzt ist ihm alles klar – der Wabbelige, das Mädchen. Der Schmerz vermischt sich mit den unerhörten Wonnen, die er genossen hat. Das Mädchen ist fort. Das Busgeräusch eben. Er steht mühsam auf, zieht die Hose hoch und schließt sein

Hemd. Er klettert vorsichtig die Böschung hinunter und humpelt über den Platz, obwohl seine Beine in Ordnung sind. Bei der Rot-Kreuz-Station wird er sofort von grauen Sanitätern umringt.

Mensch, Matthes, was ist denn mit dir passiert?

Kleine Meinungsverschiedenheit gehabt, sagt er undeutlich, weil sein Mund schiefgeschwollen ist. Helfende Hände führen ihn behutsam ins Sanitätszelt, wo er sich auf einer Pritsche ausstreckt. Sie tasten ihn ab, befingern vorsichtig seine Rippen.

Tut das weh?

Ne.

Und hier?

Nichts.

Als sie in seinem Gesicht herumdrücken, stöhnt er mannhaft-unterdrückt, wie John Wayne, dem unter Whiskynarkose ein Indianerpfeil aus der Schulter geschnitten wird. Einer versucht, sein Nasenbein zu verschieben. Gebrochen ist nichts, stellt er fest.

Ein älterer Rotkreuzler, den Matthes vom Dorf her kennt, blickt auf ihn runter und schüttelt den Kopf.

Da hat dich einer ganz schön in die Mange genommen, was.

Einer? stöhnt Matthes auf. Das waren drei oder vier.

Worum ging's? Mädchen?

Matthes zieht Luft durch die Zähne, weil sie ihm die aufgeschürften Arme mit Jod bepinseln.

Immer das gleiche, brummt der Mann.

Matthes liegt ganz entspannt da. Es tat gut, verarztet zu werden. Das bißchen Schmerz, das jetzt schon nachließ, was bedeutete das schon gegen sein Erlebnis mit dem Mädchen. Ein nagelneues Leben hatte angefangen, das Männerleben. Er fühlt sich völlig umgekrempelt.

Sie verbinden ihm die Unterarme, pflastern dicke Mullkissen seitlich zwischen Nasenflügel und Oberlippe und auf die linke Stirnseite, wo er gegen den Baum gestürzt sein muß. Alles klar, sagt der oberste Rotkreuzler und gibt ihm einen Klaps auf den Oberarm, siehst prima aus. Wie Frankenstein. Matthes lächelt säuerlich. Danke.

Heimgehen kann er jetzt unmöglich, er ist zu aufgekratzt. Außerdem liegt seine Jacke bei den Freunden am Tisch. Aus dem Zelt kommt Geschrei und Gesang, Bierkrüge schlagen auf Tische. Er fühlt sich seltsam gut, nur im Kopf spürt er noch ein Ziehen. Montag soll er vorsichtshalber doch mal zum hiesigen Sportarzt, zu Dr. Nees gehen, haben ihm die vom Roten Kreuz geraten.

Wie er im Lichtkegel des Zelteingangs ankommt, kündet der Moderator eben die Tanzkapelle der Lyra an. Ein Medley aus beliebten Westernmelodien. Auf der Bühne kann er Humbser erkennen, der zur Probe seinen Posaunenzug hin- und herschiebt. Dann schmettern sie los. Zur Titelmelodie der Fernsehserie ›Bonanza‹ humpelt Matthes durchs Zelt, genau auf die Bühne zu. Er fühlt, wie ihm von rechts und links die Blicke folgen. Bambadabambadabambadabam – bam – bam – bam ... Im Takt schleppt er sich vorwärts, die Musik deckt sich haarscharf mit der Gangart eines Mannes, der übel zugerichtet, aber siegreich von einer kleinen Auseinandersetzung in den Saloon kommt. Bambambam – bambambam ... Humbser schielt mit geblähten Backen zu ihm runter.

Die Freunde laufen ihm entgegen, stützen ihn an den Ellbogen, wie vorher die Sanitäter, und bringen ihn zum Tisch, wo Matthes mit schmerzverzerrtem Gesicht Platz nimmt. Im Nu hat sich eine dreireihige Traube um ihn gebildet, und alle sperren die Münder auf, wollen wissen, was passiert ist.

Menschenskind, Matthes, red schon! Was war los?

Erstmal 'n Schnaps. Am besten 'n Whisky. Gibt's hier sowas? ächzt Matthes. Zorro ist schon unterwegs zur Theke. Nach ›Riders in the Sky‹ kommt auch Humbser an den Tisch. Wie siehst du denn aus, Matthes?

Matthes erzählt langsam, von Schmerzgrimassen unterbrochen, die Geschichte, wie er mit dem Mädchen unterm Apfelbaum überfallen worden ist. Vier oder fünf sind es gewesen, er kann's nicht mehr genau sagen. Einen hat er gleich mit einem Karateschlag gegen den Hals ins Traumland geschickt. – Alle starren auf seine verwickelten Unterarme. Zwei hat er beim Kragen erwischt, hat ihnen die Köpfe zusammengeschlagen. Dann wird ihm die Kleine zum Verhängnis. Vor Angst klammert sie sich an ihn, behindert ihn. Da haut ihm so'n fetter, wabbeliger Koloß voll eine rein. Matthes betastet vorsichtig seine Mullverbände im Gesicht. Die Zuhörer verziehen mitfühlend die Gesichter. Matthes kippt seinen Whisky. Eine Weile ist Schweigen am Tisch. Fünf gegen einen, eine Sauerei ist das! schimpft einer. Wer war das überhaupt? Matthes zuckt die Schultern. Das Mädchen spielt Piccoloflöte, sagt er. Humbser faßt sich an den Kopf. Ach, die von der Bar! Die kleine, zierliche Dunkelhaarige! Das ist die Moni, das Maskottchen vom MV Waldhausen, das einzige Mädchen im Verein. Und mit der hast du . . .? Dann war der Dicke garantiert der Schulthes Werner. Der ist schon ewig hinter der Moni her.

Stimmt ja, erinnert sich Zorro, vorhin bist du wie ein Wahnsinniger hinter der hergeflitzt! Bei der war ich auch mal dran, du. Die hat's faustdick hinter den Ohren.

Dieser Scheißkerl. Matthes sackt in sich zusammen, fühlt sich mit einem Mal leer und elend. Als sie ihm noch ein Bier spendieren wollen, winkt er ab. Ohne Musikbegleitung geht er durch den Mittelgang des Zeltes, die Jacke am Zeigefinger über den Rücken gehängt.

Mach's gut, Bonanza! ruft ihm einer hinterher. Er hört sie lachen, dreht sich nicht mehr um. Er humpelt kaum noch.

Das Zwiebelherz oder Der blöde Hund

In totaler Überschätzung meiner Möglichkeiten stellte ich ultimative Forderungen. Wenn du mit diesem Kerl, mit diesem blöden Hund ... Ich entschuldigte mich eiligst, gleichzeitig packte ich sie beim Arm, zog sie wieder auf den Stuhl und hielt sie noch eine Weile fest, damit sie mir nicht blaß vor Wut wegrannte. Bitte bleib! Ich reiß mich ja zusammen. Du lieber Gott, du mußt doch verstehen, daß ich einen Haß auf diesen blö ... Halt, ich sag ja gar nichts! Bitte setz dich wieder hin. Wir wollen über alles in Ruhe reden, verdammtnochmal, wir sind doch zivilisierte Menschen. Sie nahm widerstrebend und nur auf einer Hinterbacke Platz, die andere hielt sie nervig in der Schwebe, um beim nächsten Mal besser wegzukommen.

Wir saßen uns gegenüber und fingerten an unseren Gläsern mit rotem Hausmarkenwein herum, Renate blickte hilfesuchend an die Decke, ich flehentlich in ihr Gesicht und die ganze Kneipe neugierig auf uns. Alle waren gespannt, wie das mit uns weiterging. Wenn sich Renate dann eine Zigarette von mir anzünden ließ, wußte ich, daß mir wieder mindenstens fünf Minuten bleiben würden, um sie von meinen Vorzügen und von der Minderwertigkeit meines Nebenbuhlers zu überzeugen. Ich redete mit Engels- und mit Teufelszungen auf sie ein. Renate, ich meine das verflucht ernst. Wenn du mit diesem ... Viktor ... so heißt er doch, oder? ... Wie kann man bloß Fiktor heißen! ... Also wenn du mit dem wirklich in Urlaub fährst, dann bau ich Scheiß. Ich schmeiß mich vor'n Zug, ich laß den Rasierapparat ins Badewasser fallen oder hör einfach auf zu essen und aus. Menschenskind Renate, begreif doch, ich kann nicht ohne dich leben. Überleg's dir doch nochmal mit uns, bitte. Ich liebe dich doch, verflucht nochmal. Renate, du. Renate zischte mich an, ich solle bitte bitte nicht so brüllen, die Leute würden schon ihre Stühle in unsere Blickrichtung stellen, wie im Theater. Wenn damals von Liebe die Rede war, brüllte ich immer.

Renates Blick irrte verzweifelt zwischen der Kneipendecke und meinem Gesicht hin und her. Wir waren zwei Nervenbündel. Unter dem Tisch scharrten wir mit den Füßen, auf dem Tisch krabbelten wir uns, am Aschenbecher vorbei, mit den Fingern über die Hände, ich über ihre, sie unter meinen weg. Bis in die Fingerspitzen war sie auf der Flucht vor mir. In ihrem kalkweißen Gesicht regte sich nichts, nur manchmal zuckten die Mundwinkel, und zwei Tränen rollten ihr an der Nase entlang in den Mund. Für sie sei es doch auch nicht leicht, schluchzte sie.

Natürlich ist sie mit diesem Viktor in Urlaub gefahren, auf irgendeine Scheiß-Ägäisinsel. Und ich quälte mich daheim über die Runden. In meinen Gedanken brachte ich Viktor, diesen blöden Hund, auf bestialische Weise um. Renate verschonte ich in meinen Gewaltphantasien, aber ich hoffte inbrünstig, daß ihr das schlechte Gewissen, das sie meinetwegen haben mußte, mindestens zwei Drittel des Urlaubsvergnügens versauen würde. Wie stets im Urlaubsmonat August, war die Stadt stickig heiß und über die Wochenenden fast menschenleer. Ein Tag nach dem anderen verging, ihr Telephon blieb unbesetzt. Ihr schlechtes Gewissen hatte ich schwer überschätzt. Zwei Wochen hatte sie bleiben wollen, nach drei Wochen tauchte sie an Viktors Arm wieder auf, wunderschön und braungebrannt, mit selbstbewußt schwingenden Hüften. Ich war zwar noch eine Spur blasser als vorher, sah wirklich so aus, als würde ich es nicht mehr lange machen, aber ich war eben immer noch am Leben. Und ich hatte Renate meinen Freitod so dramatisch vorhergesagt, gewissermaßen fest versprochen. In solchen Fällen gab es keine Patentlösung. Entweder man hielt sein Versprechen und war tot, oder man hielt es nicht und war für denjenigen, den man beeindrucken wollte, so gut wie gestorben.

Da ich Renate als suizidgefährdeter Mensch offenbar nicht recht beeindrucken konnte, mußte ich die Sache anders anpakken. Ich nahm alle Kraft zusammen und spielte ihr den glücklich entkommenen Ehesträfling vor, der wie ein Berserker durch die lang entbehrte Freiheit tobte, der wie ein Haifisch mit weit aufgerissenem Maul durch die Frauen- und Mädchengewässer schwamm und sich alles reinzog, was ihm an halbwegs passablen Fischchen in die Quere kam. Wo immer ich meine Renate mit diesem Kerl vermuten konnte, erschien ich, natürlich ganz zufällig, auf der Bildfläche und hatte irgendeine Renommierfrau dabei, mit der ich die Verliebtennummer vorführte. So trat ich in wechselnder Besetzung bei lokalen Straßenfesten, in unseren ehemaligen Stammkneipen, in griechischen und mexikanischen Freßlokalen auf. Ich bugsierte meine jeweilige Begleiterin zu einem Platz, wo uns die beiden sehen mußten, von dem ich sie aber glaubwürdig übersehen durfte.

Meine Inszenierungen gerieten zu seelischen Kraftakten, ich war überfordert wie ein Grobschmied, der Mikado spielen soll, ganze Schweißkontinente wuchsen mir auf dem Hemd. Das Zuprosten geriet mir zu zackig, sodaß der Wein überschwappte, ich zitterte die Suppe vom Löffel, einmal hätte ich um ein Haar das Kunststück fertiggebracht, mein Weinglas mit der Stirn zu zertrümmern, als ich mein Besteck aufsammeln wollte, das mit Geklirre auf den Steinplattenboden des italienischen Nobelrestaurants ›Da Gino‹ gefallen war. Auch meine Zärtlichkeiten hatten etwas von tätlichen Angriffen, ich packte einfach zu fest zu. Meine damaligen Begleiterinnen müssen mich für wahnsinnig und gefährlich gehalten haben. Wahrscheinlich war ich es auch. Sobald ich Renates eifersüchtigen Blick in meinem Rücken zu spüren glaubte, warf ich einen verstohlenen Blick in ihre Richtung. Dann konnte es passieren, daß sie mir von Viktors haariger Brust fröhlich zuzwinkerte, etwa so wie man sich unter Kumpels anfeuerte und Mut machte – Geh ran, Mann, die fährt auf dich ab. Die sieht gut aus, auch sympathisch. Ich drück dir die Daumen. Freu mich für dich. Dann riß mein Film jäh ab. Es war, als hätte mir Renate den Stecker rausgezogen, aus meinem Liebesfeuer wurde übergangslos angestrengte Höflichkeit. Und dieser Viktor hockte unerschütterlich glücklich da, verströmte Ruhe und gediegenes Wohlbefinden und ließ sich von meiner Renate an den Nackenlocken kraulen und zupfen. Er mußte sich großartig fühlen. Und immer hatte er sein kariertes C&A-Hemd weit aufgeknöpft, um mir seinen von alternativer Feldarbeit gestählten Oberkörper zu zeigen. Ich hätte ihm gerne ein Loch reingeschossen.

Die Strategie erwies sich als anstrengend, kostspielig und erschütternd erfolglos. Es gelang mir nicht, auch nur das mindeste Zeichen von Eifersucht aus Renate herauszukitzeln, im Gegenteil. Sie schien mir alle diese Frauen von Herzen zu gönnen, und den Frauen gönnte sie mich. Nach zehn gemeinsamen Jahren, etwa zwei fetten, fünf durchwachsenen und drei ziemlich mageren, hatte sie anscheinend nichts mehr dagegen, mich in andere weibliche Hände abzugeben. Ich zog noch ein paar vermeintliche Trümpfe aus dem Ärmel, die doch bloß Luschen waren, trickste noch ein bißchen herum und machte mich nach Kräften zum Idioten. Dann stellte ich den Kampf um Renate aus schierer Erschöpfung ein.

Jetzt zog ich eine herzblutige Leidensspur hinter mir her, vergiftete mich zielstrebig, soff und rauchte, was das Zeug hielt. Mein Äußeres verschlampte bis zur Sicherheitsnadel als Dauerpatent am Hosenschlitz, ich nahm schlechte Manieren an wie einer, der mit der Welt fertig ist, rülpste selbstvergessen in der Öffentlichkeit von Lokalen, mischte mich wirr und meist mit schwerer Zunge in fremde Tischgespräche ein, kurzum, ich war drauf und dran, mir als unberechenbarer Alkoholiker, als armer Teufel, der unaufhaltsam die Verliererstraße abwärtstrudelte, einen Namen zu machen.

Die Freunde, auch die besten, gingen mir allmählich aus dem Weg, weil ich stets für Peinlichkeiten sorgte und weil ihnen die ewige Story meiner Leiden, mein solider Frauenhaß und meine Golgatha-Miene auf die Nerven gingen. Aus fröhlichen Gesellschaften konnte ich durch meine bloße Anwesenheit dumpf vor sich hinbrütende Versammlungen machen. Kaum war ich eine halbe Stunde mit Leuten zusammen, fing allgemeines Gähnen an, und die ersten langten nach ihren Jacken, um sich zu verabschieden und sich daheim vermutlich hinzulegen. Ich war so ansteckend wie ein Virus, der sich durch den bloßen Anblick übertrug. Ich litt eindrucksvoll. Sollte Renate ruhig von den Freunden erfahren, wie es um mich stand, was sie aus mir gemacht hatte. Sicher würde sie häufig nach mir fragen, und die Freunde würden ihre sorgenvollen Dackelgesichter aufsetzen und ihr antworten: Oh je, mit dem geht's schwer bergab. Eure Trennung, das packt der einfach nicht. Das würde ihr reinhauen, da war ich sicher.

In dieser pechschwarzen Gemütsverfassung lief mir Gerda über den Weg, und etwas Besseres hätte mir nicht passieren können. Gerda arbeitete als Krankenschwester auf der Männerstation in der neurologischen Abteilung des hiesigen Krankenhauses. Männer waren für sie vor allem Pflegefälle. Sie war vom ersten Blickwechsel an von mir begeistert. Ich erinnere mich gern an Gerda mit dem massivgoldenen Herzen, mit den großen, schwarzen, katholischen Augen, die einem so ruhig zuhören konnten, bis sie einem die Sprache verschlugen, an Gerda, dieses zierliche Bündel aus positiver Energie und Gänsehaut. Ein halbes Jahr lang standen ihre Birkenstock-Sandalen auf dem Flokati vor meinem Bett, und ihre Zahnbürste ragte neben der meinen aus dem Becher. Ich steckte mein fürchterliches Golgatha-Gesicht in ihre dichten Haargestrüppe und atmete mir alles rein, was ich an gutem Stoff von ihr kriegen konnte. Es war konzentrierte Nährlösung, Kraftfutter für die Seele, und dem Patienten ging es jeden Tag besser. Als Gerda an einem dienstfreien Montagabend mit ihren Birkenstock-Sandalen aus meinem Zimmer ging und nur ihre Zahnbürste zurückließ, hielt sich unser Abschiedsschmerz in Grenzen. Was zwischen uns genießbar gewesen war, hatten wir genossen und restlos verputzt. Nachdem sie weg war, trank ich den Rest aus einer der Sektflaschen, die sie reichlich von Patienten geschenkt bekam und mitbrachte. Die Patientensektzeit war dahin. Ich lag angenehm melancholisch in meinem Sperrmüllsessel und fühlte mich als geheilt entlassen.

Während dieser Genesungszeit mit Gerda traf ich mich noch einmal mit Renate, die inzwischen zu Viktor auf dessen bio-dynamischen Bauernhof gezogen war und mir diese Neuigkeit nebst lieben Grüßen und Telephonnummer mitgeteilt hatte. Mir ist nicht klar, warum ich nach fast einem halben Jahr der völligen Trennung von Renate eines Nachmittags mit einem halbvollen Whiskyglas und ihrem Kärtchen in der Hand um das Telephon herumschlich und schließlich beinahe hastig ihre Nummer wählte. In meinem Arm lauerte der Impuls, sofort aufzulegen, falls sich eine männliche Stimme meldete. Mit diesem Viktor hatte ich nichts zu schaffen. Aber es war ihre Stimme. Renate Lassahn bei Holzmüller. Dieses selbstverständlich abgespulte ‚bei Holzmüller' von Renates vertrauter Stimme fuhr mir bösartig in die Eingeweide und machte mich stumm. Meine Hand zuckte zur Gabel, um die Vergangenheit einfach wieder wegzudrükken. Doch dann platzte es aus mir heraus wie bei einem, der sich für eine gelungene Überraschung hält: Du, Renate, ich bin's, ich! Sie schien freudig überrascht, ihre Stimme kam aus einem lachenden Gesicht, das hörte ich. Im Hintergrund bullerte ein Traktor. Das Bullern wurde lauter und lauter, bis Renates Worte darin untergingen. Viktor kam von seinem alternativen Acker zurück. Er mußte mit seinem Traktor direkt vor das Fenster mit dem Telephon gefahren sein. Auf einmal hätte ich ihn wieder erwürgen können, diesen blöden Hund. Da hatte ich mich nach Monaten endlich aufgerafft, mit Renate Kontakt aufzunehmen, schon mußte der wieder dazwischenpfuschen.

Ich kann dich nicht verstehen! schrie ich in die Muschel.

Was hast du gesagt? schrie Renate zurück, ich versteh dich nicht!

Brüllend verabredeten wir uns zum Abendessen für den kommenden Freitag, verständigten uns mühsam über Ort und Zeit.

Ich freu mich!

Was?

Ich freu mich!

Ich mich auch! schrie Renate. Viktor gab wieder Gas. Wir legten auf. Ich lief aufgeregt im Zimmer umher, immer noch mit diesem hirnlosen Lachen, das mir das Gesicht verzog, seit ich Renates Stimme gehört hatte. Ich schaltete es ab.

Der Anruf hatte meine Verdauung durcheinandergebracht. Ich setzte mich aufs Klo, genoß einen kompakten Stuhlgang und starrte auf den grünen Perlonteppichboden zwischen meinen Turnschuhen. Wieso machte mich die Verabredung mit Renate nach all der Zeit so freudig-nervös? Ein Comeback war kaum noch vorstellbar, mein Wunsch danach war mit der Zeit immer schwächer und unwirklicher geworden und hatte sich inzwischen angenehm aufgelöst. Wenn ich an Frau dachte, fiel mir jetzt Gerda ein, dann hatte ich ihren Körper vor Augen, ihren Geruch in der Nase, dann spürte ich ihr Streicheln und ihre Fingernägel auf meiner Haut. Und doch war ich wieder dabei, für Renate etwas zu inszenieren, als ginge es darum, sie zurückzugewinnen. Wahrscheinlich wollte ich ihr nur vor Augen führen, daß sie einen miserablen Tausch gemacht hatte, als sie sich gegen mich und für Viktor entschied. Ich stellte mir vor, wie sie am Freitagabend meine Hand ergriff und mir mit neu aufgeflammter alter Liebe in die Augen blickte. Was habe ich dir angetan, würde sie seufzen, kannst du mir das mit Viktor je verzeihen? Nasse Augen würde sie kriegen, und in banger Erwartung meiner Antwort würde sie an der Unterlippe nagen. Und ich lasse mir Zeit. Mein Blick geht sehr traurig an ihr vorbei, wehmutsvoll ins Leere. Die ganze Trauer über ihre verpaßte Chance steht in meinem Gesicht. Dann käme meine Antwort, mühsam und schwer, Wort für Wort aus der Seele gehievt: Zu spät, Renate. Etwas in mir ist zerbrochen . . .

Das Telephon schellte immer wütender. Ich fluchte, drückte auf die Spültaste und begab mich breitbeinig zum Apparat im

Flur. Gerda war dran. Mit einer Hand hielt ich meine Hose oben und hörte ihr zu. Sie könne heute abend nicht mit ins Kino, eine Änderung im Dienstplan, sie sei auf die Intensiv eingeteilt, ausnahmsweise. Aber morgen habe sie den ganzen Tag frei, wenn das Wetter so bliebe, könne man zum Baden an den Baggersee fahren oder jedenfalls raus aus der Stadt, irgendwo Picknick machen.

Picknick machen. Picknick – das war so nach ihrem Geschmack. Mir ging diese Fresserei auf irgendwelchen Wiesen allmählich auf die Nerven, der liebevoll mit einem karierten Geschirrtuch ausgeschlagene Fressalienkorb, die Portionsdöschen mit Butter und Kalbsleberwurst vom Krankenhaus, die Patientensektflaschen, die ich zum Kühlen in den Sand von Bachbetten schrauben mußte oder mit Schnur am Ufergestrüpp festband. Ich litt unter Heuschnupfen, meine Schleimhäute juckten und rotzten, und nach dem Futtern und Federballspielen bekam Gerda immer unbändig Lust auf Liebe. Sie war ganz verrückt aufs Kopulieren in der freien Natur, und je greller die Sonne dabei schien, desto lieber war es ihr. Sie mochte es auf Waldboden, besonders auf Kiefernnadeln, auf verwilderten oder frisch gemähten Wiesen, auf Bänken des Schwarzwaldvereins, im Farnkraut von Waldlichtungen und auf Grillplätzen. Und ich ekelte mich vor Käfern und Spinnen, schlug nach Mücken und Wespen und hatte ständig Angst vor plötzlich auftauchenden Spaziergängern, vor Wandererrudeln in Kniebundhosen und rot-weißkarierten Hemden, vor Förstern, gemischten Pfadfindergruppen und vor anderen Liebespaaren, die sich besser beherrschen konnten als meine Gerda und ich. Selbst den leeren Himmel über uns empfand ich als riesiges Auge, dem nichts entging. Ich kam mir fürchterlich nackt vor, viel nackter als daheim im Zimmer. Gerda, obgleich katholisch, hatte da keinerlei Probleme. Sie tanzte auf meinem Schoß herum, die Augen himmelwärts verdreht, und stöhnte: Der helle Wahnsinn, ach ist das gut. Jedesmal war ich froh und erleichtert, wenn ich wieder in den Klamotten steckte.

Bist du noch dran? kam Gerdas Stimme durch das Knacken in der Leitung. Sie versprach, für morgen einen deftigen Picknick-Korb zu richten. Wir legten auf, und ich konnte mir endlich in Ruhe den Hintern wischen.

Den Abend mit Renate hatte ich genau geplant. Das Burgrestaurant und Romantikhotel ›Zum Ravenstein‹ krönte einen mit Reben bewachsenen Hügel in Ausflugsnähe der Stadt. Ein Gastronom mit Gespür hatte die klotzigen Überreste einer Burganlage zu einem zuckersüßen Dornröschenschloß ausgebaut, hatte ein Speiselokal der gehobenen Kategorie und ein Hotel für betuchte Verliebte und Chefs mit Sekretärinnen daraus gemacht. Reichlich Kellner in schwarzen Anzügen und weißgestärkten Hemden schwirrten herum. Man konnte im Burghof und auf mehreren Terrassen im Freien speisen und die Aussicht über die Stadt genießen. Akazienzweige schaukelten über den Tischen, Glühwürmchen sprühten umher, und im Burggraben zirpten in sehr warmen Nächten die Heimchen. Verliebte konnten sich beim Kerzenschein lange und vielversprechend in die Augen blicken, und bei Vollmond war alles fast unbeschreiblich schön. Kurzum, die Atmosphäre auf dem Ravenstein war für Herzensdinge und für robustere Liebesvorhaben ideal.

Ich nahm mir vor, auf keinen Fall von der Vergangenheit zu sprechen, nicht wieder *davon* anzufangen. Einen regelrechten Verhaltenskatalog schärfte ich mir ein. Er bestand hauptsächlich darin, völlig anders zu sein, als mich Renate in zehn Jahren kennengelernt hatte. Ich war fest entschlossen,

– ihr aufmerksam zuzuhören, sie nur dann zu unterbrechen, wenn meine Frage zum tieferen Verständnis der Sache beitrug
– sanft und weich, so wenig männlich wie möglich zu sein
– geistreich oder wenigstens witzig zu sein
– den Eindruck zu erwecken, als könne ich sehr gut auch ohne sie leben, zwar mit einer Träne im Knopfloch, aber immerhin passabel
– beim Essen nicht zu schmatzen

– mich farblich einigermaßen passend anzuziehen
– genügend Geld einzustecken, damit ich nicht ins Schwitzen kam, wenn sie im unteren Drittel der Speisekarte herumsuchte
– eher fünf Minuten zu früh als eine Minute zu spät zu kommen.

Punkt acht an jenem Freitagabend gingen wir über den Gästeparkplatz vom Burgrestaurant Ravenstein aufeinander zu. Wir umarmten uns steif, hielten uns wie zwei Ringer im griechisch-römischen Stil an den Oberarmen umklammert und küßten uns aneinander vorbei über die Schultern. Als wir den Kuß wiederholen wollten, schlugen unsere Schneidezähne gegeneinander, und ich hatte Angst um meine Jacketkronen. Irgendwie war ich ein bißchen enttäuscht. Renate sah aus wie früher. Wir hatten uns füreinander zurechtgemacht, es war gut gemeint. Sie duftete nach dem Parfüm, das ich bei ihr kannte. Wahrscheinlich habe auch ich sie an früher erinnert, eben weil ich, ganz anders als damals, farblich abgestimmte Kleidung trug. Es sah sehr absichtlich aus. Wie ein Tanzstundenpärchen stiegen wir die ausgetretenen Sandsteinstufen hoch zum Lokal. Es war schwül, mir klebte das Hemd auf dem Rücken.

Dann lief so ziemlich alles verquer. Kaum hatten wir am reservierten Tisch auf der Terrasse Platz genommen und uns zur Vorspeise einen guten Appetit gewünscht, als heftige Windstöße unter die Tischdecke fuhren. Die Servietten flatterten davon, Akazienblätter wirbelten in die Badische Schneckensuppe. Dann schlugen erste schwere Regentropfen ein. Blitze zuckten quer über den Himmel über der Stadt, gefolgt von schweren Donnerschlägen. Sekunden später knallte wolkenbruchartiger Regen auf die Terrasse. Wir grapschten nach unseren Zigarettenschachteln. Beschützt von Kellnern mit großen schwarzen Familienschirmen, flohen wir mit anderen Gästen ins Innere. Ich verstieß gleich gegen mehrere Punkte meines Verhaltenskataloges, indem ich in deftigen Ausdrücken das Wetter verfluchte und Renates besänftigenden Einwand, das sei doch nun wirklich keine Tragödie, mit einem ‚Ach Scheiße' abschnitt. Und während wir Hals über Kopf unseren Tisch im Stich ließen, schluckte ich im Stehen mein fast volles Glas Varnhalter Riesling in einem Zug weg, aus Angst, der Platzregen könnte mir den Stoff verwässern.

In einem nachempfundenen Rittersaal wurde uns ein kleiner Tisch zugewiesen, gleich neben einem mannshohen rußgeschwärzten Kamin. Ein Kellner entzündete die Kerzen im Tischleuchter und entfernte sich lautlos über dicke Teppiche. Auf den weiß getünchten Wänden wuchsen unsere Schatten bis unter die schrundigen Eichenbalken an der Decke. Der karg eingerichtete Raum verbreitete eine Stimmung, die direkt zum Genießen einlud, wir aber saßen uns festverzurrt gegenüber, rauchten zuviel, hüstelten, starrten in den Raum. Im Kerzenlicht wurde geschmust, verliebt getan, wollüstig getafelt. Ich schaute schnell wieder weg. Ich dachte an Gerda und Picknicken. Renate wird wohl an Viktor gedacht haben.

Unsere Vorspeisen wurden serviert, die Schneckensuppen. Wir wünschten uns zum zweiten Mal einen guten Appetit und löffelten drauflos. Die Suppen waren lauwarm, als habe man einfach die von draußen genommen, bloß die Akazienblätter rausgefischt. Dann fing diese Sprachlosigkeit wieder an.

Was macht eigentlich der Udo?

Du, ich hab keine Ahnung. Ich hab ihn ewig nicht mehr gesehen.

Sind denn Klaus und Christel noch beisammen?

Weißt du das nicht? Die Christel ist im sechsten Monat schwanger.

Vom Klaus?

Von wem denn sonst!

Na hör mal, zwischen denen war doch so gut wie nichts mehr. Die Christel hat doch mit diesem Jakoby, diesem Schriftsteller, rumgemacht. Und der Klaus . . .

Der Kellner trug mit affenartiger Gewandtheit die Suppentassen ab und nahm den Aschenbecher zum Leeren mit.

. . . der Klaus wollte sich doch schon ein Zimmer nehmen.

Wie sagt man so schön: Alte Liebe rostet nicht.

Und wie ist das bei uns, Renate. Zehn Jahre . . .

Ein Kellner nahm die Rieslingflasche aus dem Eiskübel und schenkte unsere Gläser dreiviertel voll. Am Nebentisch lachte eine wunderschöne Frau aus vollem Hals. Es ging mir durch und durch.

Sag mal, Renate, renovieren die Eberts immer noch an ihrem Bauernhaus?

Und wie! Das geht noch Jahre. Aber es macht ihnen ja Spaß. Wir waren vor ein paar Wochen mal zu Besuch. Die Brigitte hatte angerufen und uns zum Chinesischen Fondue eingeladen. Wie auf der Baustelle. Wird aber wunderschön. Jedes Detail originalgetreu. Der Rolf fährt manchmal wegen einer Türklinke durchs halbe Elsaß. Der versteht sich übrigens prima mit dem Viktor. Das sind ja beide so Tüftler, so Körpermenschen.

Ich mußte schlucken, hatte mich aber gleich wieder im Griff, um eine neue Frage zu stellen.

Und die Brigitte? Ist die noch in der Schule?

Klar. Volles Deputat. So'ne Renovierung kostet mehr als ein neues Haus.

Ja, wahrscheinlich hast du recht. Und Maximilian?

Für den hat sie vormittags eine Kinderfrau. Geht anscheinend ganz gut.

Na ja, warum nicht.

Der Hauptgang kam und kam nicht. Eigentlich ein gutes Zeichen, dachte ich. Wahrscheinlich bereiteten sie alles frisch zu, da mußte man als Feinschmecker längere Wartezeiten freudig hinnehmen. Ich kratzte mich am Handgelenk, schob dabei mit dem Daumen den Ärmel hoch und warf einen verstohlenen Blick auf die Uhr. Halb zehn.

Wie geht's dir so? fragte Renate plötzlich.

Es geht. Und bei dir?

Auch. Viel Arbeit. Erntezeit. Marmelade kochen. Ach siehst du, jetzt wollte ich dir'n Glas mitbringen. Hab's vergessen.

Macht doch nichts.

Kommst du noch ab und zu ins Sorbas oder zum Gino?

Ganz selten.

Ich wollte mir eine Zigarette anzünden, sortierte ärgerlich abgebrannte Streichhölzer aus, die ich immer wieder in die Schachtel stecke, als mir ein Kellner Feuer gab.

Raucht Viktor eigentlich auch?

Viktor? Wo denkst du hin? Der und rauchen!

Da hat er recht. Ist gesünder, sagte ich und kam mir wie ein Vollidiot vor.

Endlich wurde das Essen serviert. Mein Fisch schmeckte aufgetaut, und die winzigen Stücke waren voll heimtückischer Gräten. Renates Steak erwies sich als zäh und wölbte sich vom Teller. Sie säbelte und kaute mit wütender Hartnäckigkeit. Wie in besseren Restaurants üblich, erschien der Koch, ging von Tisch zu Tisch und erkundigte sich, ob es einem schmecke. Wir logen ihn glattweg an, um keine Scherereien zu bekommen. Er verbeugte sich leicht und schritt mit einem geschmeichelten Lächeln weiter. Mir kam es vor, als sei er nur ins Lokal gekommen, um sich persönlich davon zu überzeugen, daß die Leute tatsächlich aßen, was er in seiner Küche fabriziert hatte. Seltsamerweise schien es den anderen Gästen zu schmecken, einige machten dem Meister sogar Komplimente.

Renate mochte keinen Nachtisch. Wir rauchten. Das Essen sei nicht besonders gewesen, gab ich zu. Dafür sei aber die Umgebung wunderschön, gab Renate zu bedenken. Ich blickte im Raum umher und nickte beeindruckt. Unser Gesprächsstoff schien endgültig erschöpft.

Als ich Renate vorschlug, zu gehen, hängte sie ihre Tasche um. Ich bat um die Rechnung, die überraschend schnell auf einer Untertasse serviert wurde. Renates Vorschlag, ihr Essen selbst zu bezahlen oder wenigstens den Wein zu übernehmen, fegte ich in altvertrautem Ton vom Tisch. Du spinnst wohl, kommt nicht in Frage. Als ich den Zettel aufklappte und die Endsumme sah, schoß mir das Blut in den Kopf. Wieviel brauchst du noch? fragte Renate und grinste. Sie schob mir, dezent unter der Handfläche, einen Zwanzigmarkschein über den Tisch. Es war irgendwie genau wie früher. Und meine drei Viertel hatte ich auch wieder intus.

Die Nacht war stockfinster geworden, es hatte sich lauwarm eingeregnet. Als wir die Stufen zum Parkplatz hinabstiegen, hakte sich Renate plötzlich bei mir unter. Sie suchte Halt an meinem Arm. Aber es war auch eine jener hartnäckigen Zärtlichkeitsgesten, die nach langer Zeit des Zusammenlebens wohl nicht umzubringen waren. Wir standen bei ihrem Auto und drucksten herum. Auf einmal hielten wir uns umarmt, drückten uns fest aneinander. Ihr Körper fühlte sich fremd an, kam mir massig und stark vor, wie ein Männerrumpf. Gerda hatte einen dicken Hintern, aber einen ganz feinknöcheligen, fast mageren Oberkörper, der nachgab, wenn man ein wenig fester zudrückte. Renate ließ den Motor an. Während sie die Kupplung zögernd kommen ließ, der Wagen anrollte, malte sie mit dem Finger ein Herz ins Kondenswasser der Scheibe. Das Auto ruckte, die Zeichnung verwackelte, wurde bauchig und schief. Eine Zwiebel! fuhr es mir in den Kopf. Fehlt nur noch ... Da zieht sie auch schon einen Trieb aus dem verwackelten Herzeinschnitt, strichelt ein Wurzelbüschel darunter, als könne sie Gedanken lesen. Beim Losfahren reibt sie ein Guckloch in unser Zwiebelherz, durch das wir uns zum ersten Mal an diesem Abend richtig anlachen. Wir wußten jetzt, wir waren einander los, endgültig.

Ein schwerer Regentropfen schlug mir glatt die Zigarette ab. Ich stand im Regen auf der Aussichtsplattform unterhalb des Ravenstein, den durchweichten Zigarettenstummel zwischen den Fingern. Bis Renate mit Viktor den Zwiebelherztrick hinkriegte, würden Jahre vergehen, Jahre. Ich drückte ein Fünfzigpfennigstück in das Automatenfernrohr, um mir die Nacht genauer anzusehen.

Die Schlaflosigkeit des Detlev Schäfle

Die Digitalanzeige der Quarzuhr strahlt giftgrün über die Nachttischplatte. Seit drei Minuten, jetzt vier, läuft Geisterstunde. Auf den linken Ellbogen gestützt, starrt er in die kohlrabenschwarze Finsternis des Zimmers, lauscht, horcht, spitzt die Ohren. Nichts. Absolut nichts. Nicht der mindeste Verstoß gegen geltende Naturgesetze. Kein Klopfgeist klopft, kein Poltergeist poltert, kein Inkubus hupft ihm auf die Brust, und auch die Untoten stellen sich tot. Er wäre jetzt auf alles gefaßt, vor allem auf das Unfaßbare.

Einem, der seit Monaten unter Schlaflosigkeit leidet, ist jede nächtliche Gesellschaft willkommen. Mit jeder Sorte Gespenst, jedem noch so grauslichen Vertreter des Jenseits würde er sich jetzt auf die Bettkante setzen, um die Zeit zu verplaudern. Für seine Durchlaucht, den Vampir aus Transsylvanien, würde er sich eigens noch in seine Küche stellen und eine Kleinigkeit zu essen brutzeln, ein Lendensteak, englisch natürlich. Und falls ihm gar die Weiße Frau erschiene – eine Flasche Schampus hat er immer im Kühlschrank. Die Weiße Frau, das wäre schön. Damenbesuch hat er selten. Er läßt sich wieder auf den Rücken fallen. Über das Aussehen der Weißen Frau gab es widersprüchliche Berichte. Wer weiß, vielleicht hatte sie Ähnlichkeit mit einer seiner zahlreichen Verflossenen. Dann wäre es besser, sie erschiene nicht.

Wenn man lange und konzentriert in die Stille horcht, vernimmt man ein anhaltendes Brummen oder Rauschen oder Summen. Eine richtige Stille gab es gar nicht. Hatte man den Dauerton einmal im Ohr, wurde man ihn nicht mehr los. Es konnte lästig werden, sogar unerträglich. Wahrscheinlich kam der Ton vom Blutdruck im Kopf. Also nichts Geheimnisvolles. Kinder hörten in Muscheln das Meer rauschen und staunten dabei mit dem ganzen Gesicht. Muß schön gewesen sein, so etwas einfach glauben zu können, irgendwo auf der Schwäbischen Alb oder im Odenwald in einer Souvenirmuschel den Indischen Ozean zu hören. Als Kind wunderte er sich nie, er staunte bloß. Das war nicht das gleiche. Was einem so durch den Kopf geht, wenn man nicht einschlafen kann.

Wie aufgebahrt liegt er jetzt da, langgestreckt auf dem Rükken, die Hände über dem Bauch gefaltet. Eingesargt. Der Deckel wird geschlossen, die Schlüssel drehen sich in den Schlössern, zuerst neben seinen Knien, dann bei der Schulter. Die Luft wird knapp, sie reicht gerade noch für einen ziemlich toten Mann. Sie hieven ihn so pietätvoll wie von Berufs wegen unbedingt nötig und so malocherhaft schwungvoll wie irgend möglich, so mit einem gedachten Hau-Ruck, auf den Karren. Ein hohles Rumpeln, er ist aufgeladen. Auf Vollgummireifen rollt er über die asphaltierten Wege des Städtischen Friedhofes zum Gräberfeld 24B, wo die großen Söhne der Stadt zur ewigen Ruhe gebettet werden, eine kleine, exklusive Abteilung. Hinter sich hört er gedämpft die Schritte eines gewaltigen Trauerzuges. Das schlurft, knirscht, quietscht, je nach Sohlenmaterial und Gangart. Da er keine nächsten Angehörigen hat, wird der Zug vom Bürgermeister, von hohen Kultusbeamten und von Funktionären des Schriftstellerverbandes angeführt, die nachher ihre Reden halten werden. Frauen schluchzen, deutlich kann er Waltraud raushören. Sie schluchzt am hemmungslosesten unter all den Frauen, die er einmal geliebt hat. An seinem offenen Grab werden sie alle loslamentieren wie ein Schwarm Klageweiber. Männer putzen sich die Nasen. Sein Verleger, dieser Geier, trompetet besonders laut. Auf dem ganzen Weg begleitet ihn Vogelgezwitscher, Rotkehlchen, Amseln, der Zilp-Zalp. Es duftet nach Holzlack und gestärkter Wäsche in seinem Kasten, und von vorhin, als der Deckel noch nicht drauf war, ist ein Geruchshauch von Nelkensträußen, fauligem Blumenwasser, von Kränzen und Komposthaufen zurückgeblieben. Er liegt himmlisch bequem, allseits weich umschlosssen wie in einem Futteral. So ist es gut, sehr gut. So mag es bleiben bis zum Trompetenschall beim Jüngsten Gericht, wenn ihm Gerechtigkeit widerfährt und Beziehungen keine Rolle mehr spielen. Ein wohliger Schauder durchläuft seinen Leichnam. Er löst sich auf, zersetzt sich aufs angenehmste. Leb wohl, du lärmende, verrückte Welt, du anstrengendes Diesseits, wo sich einer jeden Morgen wieder die Schuhe binden muß, um sich im Überlebenskampf die Fresse polieren zu lassen. Detlev Schäfle hat genug und kehrt heim in die Ewigen Jagdgründe, ein bißchen vor der Zeit, aber doch schon müde genug. Er entschwebt, verflüchtigt sich ins Feinstoffliche . . .

Ein harter Schlag zertrümmert den schon jenseitigen Frieden. Um des Himmels willen! Sie haben ihn fallen lassen, eine Kurve, seine Kiste ist vom Wägelchen gerutscht! Er fährt hoch, sitzt senkrecht in der Finsternis, bebend bis in die Fingerspitzen. Da ist ja Platz! Wieso schlägt sein Kopf nicht an den Sargdeckel? Was läuft da zu guter Letzt noch schief? Seine Hände rudern ins Leere. Rundum endloser Raum. Er hört Wasser. Leitungsgeräusche, leiser werdendes Gurgeln und Abfließen. Das kennt er doch! Defekte Klospülung! Er lebt! Der weithin unbekannte freie Schriftsteller Detlev Schäfle lebt.

Er sitzt auf seinem Bett in seinem Schlafzimmer im vierten Stock einer höchst diesseitigen, regenpfützengrauen, hellhörigen Mietskaserne mit acht Stockwerken und sechzehn Parteien, die alle polizeilich gemeldet sind, und wird gegen Ende der Geisterstunde, um genau 0 Uhr 57, durch eine Darm- oder Blasenentleerung des Proleten Panitzka, der mit Frau und Kind über ihm haust und nach der Nationalhymne im Fernsehen immer nochmal austreten geht, am wohlverdienten, fürs kreative Handwerk so wichtigen Schlaf gehindert, und dies, wo er, Schäfle, ohnehin so schwer in den Schlaf findet und sich seit Monaten mit einer hartnäckigen Schreibhemmung herumschlägt, einen verzweifelten Heldenkampf gegen die Sprachlosigkeit führt.

Jetzt hat Schäfle aber einen langen Satz gebaut. Das beherrscht er. Lange Sätze sind gut gegen die Wut.

Trotzdem, er hält das nicht mehr lange aus. Nacht für Nacht dieser boshafte Wahnsinn: Schäfle wälzt sich schlaflos im Bett, sein quälender Gedankenstrom mündet endlich, wenn er Glück hat, in den Bestattungstraum, er wird ruhig, freut sich auf posthume Ehrungen, und immer an der gleichen Stelle geht der Panitzka oben aufs Klo und spült ihn kurz vor dem triumphalen Augenblick vom Kirchhof in die Anonymität seines Bettes zurück. Das darf ihm dieser darmfleißige Prolet Panitzka nicht länger antun. Morgen geht er hoch und redet mit dem Mann. Daß der seine Stuhlganggewohnheiten umstellt, ist nicht zu erwarten. Einer wie der sieht nicht ein, daß er seinen Schließmuskel kontrollieren sollte, um einen Dichter träumen zu lassen. Aber die defekte Spülung muß in Ordnung gebracht werden. Ein gewiefter Handwerker wie Panitzka kann das doch selber machen.

Schäfle legt sich wieder hin. Er onaniert ein bißchen herum wie ein kleiner Junge an der Schwelle zwischen Wachsein und Schlaf, aus Zerstreutheit oder Langeweile. Die Erregung hält sich in Grenzen. Er gibt es auf. Das Gezupfel macht ihn nur noch nervöser.

Sein Nachruhm. Er hat immer geahnt, was ihm inzwischen mehr und mehr zur Gewißheit wurde: Er, Detlev Schäfle, hat etwas Genialisches. Er ist ein Glückstreffer in der Wurfbude der Schöpfung. Natürlich würde er mit keinem Menschen darüber sprechen, daran hindert ihn die Bescheidenheit, die er mit vielen hochbegabten Menschen teilt. Er gesteht sich sein Talent kaum selbst ein, so bescheiden ist er. Und doch, in seinen schlaflosen Nächten hat er das sichere Gefühl, daß sich künftige Studenten der Germanistik mit ihm befassen werden müssen. Er wird Prüfungsstoff an den entsprechenden Lehrstühlen werden. Sekundärliteratur über sein Werk wird Bibliotheksregale füllen, und seine Heimatstadt wird nach ihm, der nie einen Preis erhalten hat, einen Literaturpreis benennen, den hochdotierten ›Detlev-Schäfle-Preis für zeitgenössische Lyrik‹. Vom Copyright seines Werkes lebt ein größeres Verlagshaus, das sich, besonders wenn sich sein Todestag jubiläumsmäßig jährt, dumm und dämlich verdient. Besessene Nachlaßverwalter werden jeden von ihm bekritzelten Fetzen Papier zusammentragen, jede Wäschereirechnung, jede Kinokarte, um sein Leben und Wirken möglichst lückenlos zu dokumentieren. Deshalb führt Schäfle peinlich genau Tagebuch und wirft nichts weg, was er je geschrieben hat. Die Briefe, die er abschickt, fotokopiert er. Seine Korrespondenz füllt bereits mehrere Ordner. So archiviert er sich selbst für die Nachwelt, damit diese es dereinst leichter mit ihm hat. Panitzka hat keine Ahnung, was er mit seinem Stuhlgang anrichtet. Schäfle wird die Vorgänge in seinem Tagebuch festhalten.

Die Geisterstunde ist um. Die Jenseitigen sind unter sich geblieben. Wahrscheinlich haben sie es längst aufgegeben, in diesem Diesseits noch einen erschrecken zu können. Schäfle ist hellwach. Dieses nächtliche Umgetriebensein, ist nicht auch dies ein Zeichen genialischer Veranlagung? – Und es gibt weitere Hinweise auf sein Anderssein. Da ist einmal die Tatsache, daß er es nie geschafft hat, ein bürgerliches Leben zu führen, eine dauerhafte Verbindung mit einem weiblichen Wesen einzugehen. Über kurz oder lang sind ihm alle Frauen weggelaufen, haben sich entnervt von ihm abgewendet, um sich in Durchschnittsmänner zu verlieben. Waltraud hat am längsten bei ihm ausgehalten. Jetzt lebt sie mit einem Studienrat zusammen. Von ihr ist er längst nicht los. Aber vielleicht ist gerade die Einsamkeit, unter der er so leidet, sein Lebenselixier, sein Quell der Inspiration. Dann ist da die durchschlagende Erfolglosigkeit seiner Arbeit. Nur ein Genie kann so gründlich verkannt werden. Kein Mensch, außer ein paar Freunden, liest ihn, niemand kennt ihn. Selbst in den Straßen und Kneipen seiner Heimatstadt kann er sich in lästiger Anonymität bewegen. Der Panitzka nicht. Der kachelt hier und da in Schwarzarbeit nach Feierabend ein Bad, und die betreffenden Leute vergessen ihn nie mehr. Schäfles Bücher werden oft ein knappes Jahr nach ihrem Erscheinen in irgendeinem Kleinstverlag verramscht, und wenn sie auch für zwei Mark fünfzig nicht weggehen, werden sie eingestampft. Eingestampft, das bloße Wort bereitet ihm körperlichen Schmerz, quetscht ihm das Herzblut aus der Nase. Irgendwie sind seine Bücher schließlich seine Kinder, seine mühsam ausgetragenen, von hundert Abtreibungen bedrohten, endlich unter monatelangen Preßwehen in die Welt gedrückten Kinder. Außer ihnen hat er doch nichts.

Was hat er nicht alles versucht, um sie am Leben zu erhalten! Mit einem selbstgebastelten Bauchladen und einem Zylinder mit angeklebtem Federkiel als Zeichen der schreibenden Zunft ist er auf Kultur- und Straßenfesten umhergegangen. Anfänglich ist er sich ziemlich blöde vorgekommen, wäre fast bei jedem Schritt hingefallen, aber dann hat er sich daran gewöhnt. Soviel Mist wird allein durch ein pfiffiges Marketing verkauft, hat er sich gesagt, wozu also Skrupel, wo es um die Verbreitung seines Gedankengutes ging? Einige Bücher hat er auf diese Weise verkauft, aber das Gefühl ist er nie losgeworden, er hätte damals auch ohne Bücher, allein durch seinen Aufzug, ein paar Mark verdient. Tatsächlich hatte ihm ein älterer Herr ganz diskret ein Fünfmarkstück in die Kitteltasche fallen lassen. Hier, hatte er gesagt, kaufen se sich 'n Bier und 'ne Wurscht. Als Schäfle ihm sein Lyrikbändchen ›Am Gestade der Nacht‹ hinstrecken wollte, winkte er gutmütig ab. Ach, lassen sie nur. Schon gut.

Sie verstehen ihn nicht, noch nicht. Eines schönen Tages, als toter Dichter, wird er denen, die ihn jetzt so verkennen, beweisen, daß ... Aber dann sind die ja auch unter der Erde, die er beschämen möchte, fällt ihm ein. Seine Zielgruppe stirbt ihm weg. Das ist bitter. Das Genie hat mit dieser Tatsache zu leben.

Aber wer weiß? Vielleicht gelingt ihm doch noch zu Lebzeiten der Durchbruch, kometenhaft sozusagen. Immerhin hat die hiesige Zeitung einmal ein Gedicht von ihm gedruckt, und daraufhin wurde er vom Landfrauenverein und vom Bürgerverein seines Stadtteils zu Lesungen eingeladen. Ganz ohne Echo schrieb er also nicht.

Schäfles Pyjamahose klebt am Rücken und an den Hinterbakken. Er rollt sich zur Seite, zupft den Stoff von der Haut. In seinem Kopf jagen sich Entwürfe und Ideen, schreien nach gemäßer Form. Kreative Unrast rumort in ihm, eine hochgradige schöpferische Erregung. Es drängt aus ihm heraus, wie ein lange verhaltener Pinkelstrahl. Kein schöner Vergleich, Schäfle, rügt er sich, geschmacklos und banal. Dann ist er mit einem energischen Ruck aus dem Bett, seine hornigen Fersen schlagen aufs Linoleum. In diesem Augenblick zwinkern die Ziffern des Weckers lautlos von 2 Uhr 04 auf 2 Uhr 05. Die Zeit schleicht sich auf Katzenpfoten davon, das Lebenswerk duldet keinen Aufschub. Und wenn er schon nicht schlafen kann . . .

Wahrscheinlich ist er der einzige Mensch in der ganzen Stadt, der sich um diese Unzeit brandeilig in die Kleider wirft. Der Panitzka oben wird wohl längst mit offenem Maul neben seinem Weibe eingeschlafen sein. Wie ein Klotz wird er daliegen und seinen pappigen Bierspeichel in den Hals zurückschlucken. Der kann schlafen, und wie. Panitzka verdrängt, Schäfle sublimiert. Das sind zwei Welten, durch die Decke getrennt. Schäfle schlüpft barfuß in die Schlappen und geht pinkeln. Er spült fünf mal.

Die Arbeitslampe wirft ihren Lichtkreis über den Schreibtisch, eine 40-Watt-Arena, in der Schäfle gleich gegen die Übermacht der Wörter antreten wird. Manchmal umzingeln sie ihn und fallen alle zugleich über ihn her, bisweilen ziehen sie sich zurück, locken ihn in Hinterhalte, biedern sich an oder machen sich rar. Die Maschine summt und lauert auf Anschläge. Schäfle trifft seine üblichen Vorbereitungen zum Kampf. Links, am zwielichten Rand der Arena, plaziert er das Zigarettenpäckchen nebst Feuerzeug und Aschenbecher. Aus der Küche holt er sich einen Rest Edelzwicker aus dem Eisschrank. Das Glas stellt er rechts so hin, daß es vom zurückfahrenden Schlitten der Schreibmaschine nicht umgestoßen wird. Das kommt bei aller Erfahrung immer wieder vor, meist in der Hitze des Gefechtes, wenn er einer besonders waghalsigen Metapher auf der Spur ist.

In dieser Nacht wird er mit dem achtundvierzigsten Gedicht seinen Gedichtzyklus ›Delila‹ abschließen, den er im Selbstverlag veröffentlichen wird. Hinter Delila verbirgt sich eigentlich Waltraud, seine Traudl, die große Liebe und allesvernichtende Enttäuschung seines Lebens. Er hätte ihren Namen gerne unverändert verwendet, wenn er nur etwas poetischer geklungen hätte. Waltraud – das walzte ihm jedes Gedicht platt. So ist er auf Delila gekommen. Das klang ihm so ähnlich wie Waltraud, und doch viel poetischer. Aber es gab noch feinere Bezüge auf höherer Ebene der Bedeutung. In der Bibel hat er nachgelesen, wie die Hure Delila den Kraftmenschen Simson durch ihre falsche Liebe zugrunde gerichtet hatte. Mit weiblicher List hatte sie dem Simson so lange zugesetzt, hatte ihn in Grund und Boden geschmeichelt und gestreichelt, bis dieser tapsige, einfältige Bär ihr gestand, daß seine übermenschliche Kraft mit seiner Frisur zusammenhing. Daraufhin machte sie den Muskelmann müde, was bei ihrem Gewerbe sicherlich kein Problem war. Sie ließ dem Schlafenden seine sieben Kraftzöpfe abschneiden und lieferte ihn, der jetzt ganz normal schlapp war, seinen Feinden, den Philistern aus, um mit dem Verräterlohn aus der Bibel zu verschwinden.

Die Parallele zu seiner Geschichte mit Waltraud lag auf der Hand, jedenfalls bildlich und in den wesentlichen Punkten. Wie Simson ist sich auch er, Schäfle, nach Waltraud matt, hilflos und verraten vorgekommen. Auch aus ihm war alle Kraft gewichen, die körperliche, die schöpferische, die seelische und auch die Kraft der Lenden. Besonders bei dieser letzteren Kraftsorte hat sich lange nichts mehr abgespielt.

In seinen Gedichten arbeitet er Erlittenes auf, gibt es lyrisch verklärt und verdichtet an die Welt zurück. Manchmal, wenn er sich besonders gelungene Passagen aus seinem Manuskript vorliest, fangen seine Mundwinkel zu beben an, und er muß sogar ein bißchen weinen. Eine Stelle kennt er auswendig:

die wetterberichte gezinkt
über nacht fällt schnee
jäh in mein dampfendes herz
giftiger schwefel
aus wintersonnen
ach, wanderer des brachlandes
bin ich geworden
ziellos die fluren durchmessend
die spuren vergessend
den krähen verwandt
den konkursverwaltern der jahreszeiten
delila, delila!
eiszapfenspeere in meinem rücken
ich war für den frühling gerüstet
wanderer des brachlandes
bin ich geworden
ein nebelpilger
wind in den taschen
zettel mit traumnotizen
und einen kompaß aus holz
delila, ach delila!
packeis ringsum
brachland

Solche Zeilen gelingen einem nicht oft. Vielleicht jetzt. Dann wäre Panitzkas Stuhlgang ein energischer Wink der Musen gewesen.

Früher hat er sich gewundert, daß das Publikum bei Lesungen seine Ergriffenheit bei solchen Zeilen nicht teilen wollte. Es hat ihn verletzt, wenn während seines Vortrages gegähnt, gelacht und übermäßig gehustet wurde, wenn manche mit knarrenden Schuhen aus dem Raum schlichen, ganz auf die Überwindung der Peinlichkeit konzentriert, so übertrieben behutsam die Tür hinter sich zuzogen, daß es erst im letzten Augenblick nach Erleichterung und geglücktem Entkommen klang. An all das hat er sich inzwischen gewöhnt. Er weiß, er macht es dem Leser oder Zuhörer nicht leicht. Sein Werk führt zunächst in Dunkelheit, dann erst ans Licht. Das packen die meisten nicht. Lyrik ist kein Massenartikel. Immerhin, am Ende seiner Lesungen, wenn er verausgabt und leer von seinem Manuskript aufschaut, ist immer noch Publikum da, ein harter Kern, der sogar applaudiert. Es sind immer die gleichen Gesichter. Die literarische Spreu ist vom Weizen getrennt.

Schäfles Stirnglatze taucht in den Lichtkreis, sein Schädel beugt sich über die Maschine mit dem weißen Bogen Papier. Er läßt die Fingerknöchel knacken, es kann losgehen. Die Anfangszeilen hat er im Kopf, er spürt, die Nacht ist günstig fürs poetische Geschäft. Die Gedanken schlüpfen förmlich in ihre passenden Formulierungen. Sein linker Ringfinger schwebt über dem W, der rechte kleine Finger drückt die Großschreibtaste – der Druck geht ins Blinde. Plötzlich ist alles aus, weg. Das Licht, das Summen der Maschine, weg. Er sitzt in Finsternis und Stille. Es braucht eine Weile, bis er sich aus der Lähmung löst.

Er tapst zur Tür, betätigt den Schalter der Deckenlampe. Nichts. Wie er sich durch den Flur zur Küche durchtastet, stolpert er über herumliegende Schuhe, reißt haltsuchend die Leiste mit den Kleiderhaken von der Wand. Auf der Suche nach Licht öffnet er die Kühlschranktür. Die Dunkelheit im Raum wird noch eine Spur schwärzer. Eine Flasche explodiert auf dem Steinboden, es zischt und brodelt. Die große Flasche Mineralwasser. Eine Kerze muß her, bevor er noch mehr Chaos anrichtet. In der Kramschublade unter der Spüle ertastet er mehrere Kerzenstummel und Plastikfeuerzeuge. Das warme Licht vor sich hertragend, verläßt er die Wohnung. Der Kasten mit den Sicherungen befindet sich im Treppenflur. Dort funktioniert das Licht. Er kann seine Kerze ausblasen. Bei der Sicherung mit dem Schildchen ›Schäfle‹ ist der rote Stift ordnungsgemäß eingedrückt. Da ist ihm schlagartig alles klar – die Mahnung auf seinem Schreibtisch bei dem Stapel mit den lästigen Postsachen, mindestens vierzehn Tage alt, mindestens. Die Städtischen Elektrizitätswerke haben ihm die Energie gekappt, ausgerechnet jetzt, wo er nach langer Blockade die Kraft in sich gespürt hat, jenes Werk zu vollenden, das Schäfle-Kenner einmal als sein wichtigstes und reifstes betrachten werden. Die ganze Welt hat sich gegen ihn verschworen. Und dieser Panitzka da oben ...

Ein Knall. Schäfle zuckt zusammen, fährt herum. Die Wohnungstür ist zu, der Herbstwind, Durchzug. Scheiße, sagt Schäfle laut. Zum Heulen ist ihm zumute. Die automatische Flurbeleuchtung geht aus. Sie ist auf genau zwei Minuten eingestellt. Er drückt sie nicht mehr an. Wozu? Den ausgeblasenen Kerzenstummel in der Hand, die Anfangszeilen seines Gedichtes im Kopf, setzt er sich auf die Treppe. Jetzt könnte er schlafen. Er fühlt sich irgendwie wie Hölderlin.

Ein sonniger Morgen dämmert herauf. Panitzka geht aufs Klo. Danach duscht er und singt aus vollem Hals einen Mischmasch aus Schlagern, wie sie so aus dem Radio kommen. Seine Frau füllt ihm die Thermosflasche mit Kaffee, stopft ihm das Vesper in die gipsbespritzte Aktentasche: Gurken, vier Frikadellen, Senf, Brotscheiben, einen grünen Paprika und einen Apfel.

Schäfle ist endlich eingeschlafen. Er sitzt schräg auf der untersten Stufe neben seiner Tür, zwei Stufen weiter oben liegt sein Kopf auf den verschränkten Armen. Er träumt, er sei von einer Eskimo-Gemeinde in Alaska zu einer Dichterlesung eingeladen. Er steht an einem Rednerpult aus einem Eisblock. Waltraud und Delila sind auch dabei. Er hat keine Hosen an, und sein Hemd ist zu kurz. Er friert und schämt sich. Auch seine Manuskripte und Bücher hat er vergessen. Er steht nur da und zittert und entschuldigt sich auf deutsch. Die Eskimos klatschen wie verrückt mit ihren gefütterten Handschuhen.

Als Panitzka gegen sieben die Treppe runterkommt, bleibt er einen Augenblick kopfschüttelnd stehen. Armer Teufel, dieser Schäfle. Er macht einen großen, vorsichtigen Schritt über ihn.

Inhalt